MARK
麦客文化

岁时书

古诗词里的中国节日

王臣——著

化学工业出版社
·北京·

图书在版编目（CIP）数据

岁时书：古诗词里的中国节日 / 王臣著. — 北京：化学工业出版社，2019.1（2023.2 重印）
ISBN 978-7-122-33492-3

Ⅰ.①岁… Ⅱ.①王… Ⅲ.①古典诗歌－鉴赏－中国
Ⅳ.①I207.22

中国版本图书馆CIP数据核字（2018）第279380号

责任编辑：龙 婧 龚风光　　装帧设计：今亮后声 HOPESOUND pankouyugu@163.com
责任校对：张雨彤

出版发行：化学工业出版社（北京市东城区青年湖南街13号 邮政编码 100011）
印　　装：天津图文方嘉印刷有限公司
880mm × 1230mm 1/32　印张 11¾　字数 100千字　2023年2月北京第1版第6次印刷

购书咨询：010-64518888　售后服务：010-64518899
网　　址：http://www.cip.com.cn
凡购买本书，如有缺损质量问题，本社销售中心负责调换。

定　价：58.00元

时光之诗，岁月之词

前言

时光是什么？

它是：

春之百花，

夏之蝉鸣，

秋之落叶，

冬之霜雪。

也是：

君生我未生，

我生君已老。

君恨我生迟，

我恨君生早。

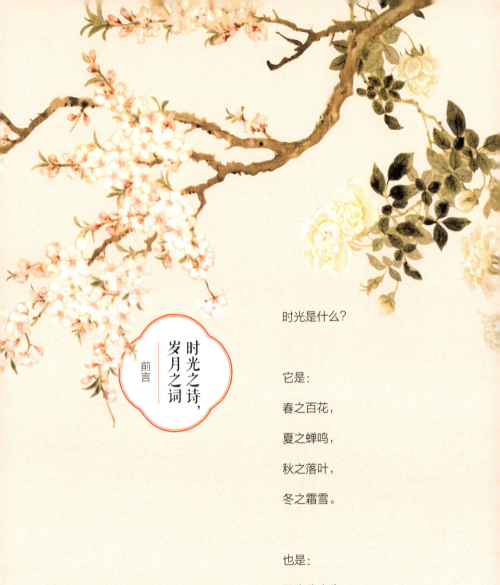

岁月不居，眨眼便是数十年。南宋词人蒋捷说，“流光容易把人抛，红了樱桃，绿了芭蕉”。时光莫测，与其喟叹逝水流年一去不返，不如找一个下午，静下心来，读一读古诗词里的草木荣枯，品一品古代文人心里的慈心悲怀。守住哪怕片刻的安宁，也是靠近时光之真谛。或许，一首诗、一阕词即能阐释时光全部的印记。

春有百花秋有月，

夏有凉风冬有雪。

若无闲事挂心头，

便是人间好时节。

这是慧开禅师的一首诗，语出阐释禅宗修行方法和修行境界的《无门关》一书。此诗甚妙。颂日，颂月，颂时光。时光是玄妙之物，它短暂也漫长。匆匆草草是一生，细致淋漓也是一生。只是，活的姿态不同，所增智慧便有了差别。这是透过此诗初知的生命奥义。

读诗读词，便是一种增长智慧的修行。在并不平顺的时间里，诗词总是可以带给人内心一些温柔又静定的曼妙感受和启迪。这不同于其他任何一种人生经历，它所需要的仅仅是一点专注的目光和一点平和的心气。每个人从古诗词里所领悟的也不一样，这种感受源自每个人内心迥异的细节组构，它来自于记忆，来自于成长经验。

往年，甚少可以清闲地在家中过端午节。这一年例外，因一些外事，偷来一些闲，得以在家中完整地过一个端午节。翻书时，连连读到与节日有关的诗词，权当是某一种指引。心中一定，便生发出这样的一个念头：写一本以传统节日为主题的诗词赏析书。

这本书以中国十四个传统节日为线索，按照时间顺序（元日、人日、元宵、花朝、社日、上巳、寒食、清明、端午、七夕、中秋、重阳、腊日、除夕）挑选出最具代表性的近七十首以节日入题的诗词来写。写的既是节日，也是诗词。写的既是知悟，也是人生。

无论大小节日有一念始终不改，即是惦记家人。如今只身在外，心中更有无限牵念。纵然被告知一切都好，却不在眼下，不在跟前，终是放心不下。大诗人王维那句“每逢佳节倍思亲”说进人内心深处的话，平朴却深刻。

写诗作词，犹似造梦。一个一个都是贩梦之人。多少时光耗尽，存储在记忆当中的也不过只是薄暖厚凉，却终究抵不过文字之温。所以，诗人、词人，以及未留名的民间的智慧之人，将这些节日诗词刻在纸上，实在是一笔丰厚的财富。

西方有情人节、感恩节、圣诞节。我们有七夕，为誓言。秦观说：“两情若是久长时，又岂在朝朝暮暮。”我们有清明，为怀念。杜牧说：“清明时节雨纷纷，路上行人欲断魂。”我们有除夕，为团圆。李颀说：“岁夜高堂列明烛，美酒一杯声一曲。”

与传统节日有关的风俗，在如今这个步伐仓促的时代趋向式微，渐渐地淡出生活。那些旧时郑重的日子，在人们心中也与寻常日子无异。可是，如果当真甩却旧年那些“大动干戈”的悲喜，忘了青粽的甜糯和嫦娥的传说，恐怕这日子也过得不那么有趣了。

写这本书，原本即是自己的一场温故之旅，与他人无涉。如若有幸被你读到，那么尚且希望它还存有一丝作用。或能让你在某年人日、某年花朝、某年社日、某年寒食、某年端午、某年七夕、某年重阳、某年腊日，想起一些旧年的风俗往事；或能让你记起几句与之有关的陈旧的词与诗；或能让你打个电话回家。

此刻，距离年终还有几个月，但心里分明已经热盼岁末的除夕。也不知这一年过去后，来年漂泊他乡时，是否果真会如自己所愿，可以在那些俯首低眉的时节里一再温习陈旧的过往，一如心中对这本书的寄望。如果可以，便是这本书的意义所在了。

在所有的传统节日里，需要特别说明的是“清明”。它原本只是中国古代农历计时的二十四节气之一。然而，时至今日，时序变迁，它被中国人赋予了更多的内涵和意义，得到了其他节气无法比拟的尊重。它成了中国的一个法定节日。哪怕这个节日是为过去与亡人而设。哪怕这个节日，只为怀念。

愿此书带给你的时光，

成为你和我之间，

温柔又私密的，

人间好时节。

目录

元日

往日不堪重记省

定农历正月初一为岁首，始于汉朝。

正月初一被称为“元日”，最早记于东汉。

元日又被称元旦、元朔、元正、正旦、端日、岁首、新年、元春等。

有朝会、放爆竹、饮屠苏酒、吃年糕、贴桃符、

贴春联、贴年画，贴倒“福”字、拜年、赐压岁钱等风俗。

东风里

笙歌间错华筵启。
喜新春新岁。
菜传纤手，青丝轻细。
和气入、东风里。
幡儿胜儿都姑婂。
戴得更忔戏。
愿新春以后，吉吉利利，
百事都如意。

《探春令》

宋·赵长卿

是夜。笙歌漫漫，烟罗婷婷。琳琅女子轻歌曼舞，似有云烟缭绕于足。有一种浮跃尘埃的缥缈，宛若幻中人。就在那一头山长水远的眺望里，这边的人间烟火也便渐次生姿，声色渐出。是这样的一种喜与欢，着实令人心底生出馨暖之意。踏踏实实地，一切便有了开始。

笙歌间错华筵启。喜新春新岁。元日宴席之前，即是这样的一番场景。宴席开始之后，便见菜传纤手。容颜佳美的女侍手执春盘送入宴席。满桌精致青细的菜食，单单独自望着，便已然心悦。如此端坐在骀荡的春风里，哪怕不食不饮，也是别有趣意的。

彼日，女子琳琅，个个都着华裳，幡胜熨帖。烟视媚行于世，颇为可喜。词中所言“幡儿胜儿”皆为饰物，宋时士大夫家常于元日剪彩绸为春幡，或插于女子鬓发，或用以点缀花枝。所谓“姑娣”即是整齐、济楚的意思。“幡儿胜儿都姑娣。戴得更忔戏”所摹写的大约就是如此情形。

新年穿新衣似是习惯，亦是不成文的风俗。幼年时，记忆里每逢春节，孩子们总是聚在一起挑眉比对。左一比，右一对，只为看看谁的衣裳美。彼时，不分长幼，人人都如沐三月春风，一身芳华。一言一语，一进一出，一转身一刹那，那华裳之上，都是喜气依约。

盛景之下都是欢愉之心。这就是元日之悦、新年之喜的意义所在了。词末了一句“愿新春以后，吉吉利利，百事都如意”，落笔处，更是氤满了新庆之气，写得颇有味道。

南宋词人赵长卿这首《探春令》写的是过年情景。家中男女老少，皆是满心欢悦地度那良辰。过年之于每一个人，都应当各自有记忆相映照。关乎人情热闹，关乎亲朋团圆，关乎新年新冀望。这一切，今古无异。

千门明月，天如水，正是人间佳节。
开尽小梅春气透，花烛家家罗列。
来往绮罗，喧阗箫鼓，达旦何曾歇。
少年当此，风光真是殊绝。

遥想二十年前，此时此夜，共绾同心结。
窗外冰轮依旧在，玉貌已成长别。
旧著罗衣，不堪触目，洒泪都成血。
细思往事，只添镜里华发。

以上为北宋词人秦观所作的《念奴娇》一词。其上阕所写，也是元日人景。欢喜达旦，风光殊绝。想必如此人情，南宋、北宋应当是相差无几的。时岁更新，人间百盛。

赵长卿是宋宗室子孙，但他少时孤洁，厌恶王公贵族奢靡淫逸的生活，于是纵情山水，遁世隐居，过着清贫的日子。他对生活在底层的百姓甚是同情和关切，于是，后来便常与百姓为乐，亦常常作词呈乡人。《四库提要》说他：“长卿恬于仕进，觞咏自娱，随意成吟，多得淡远萧疏之致。”

大约也只有这样的男子才能作出如《探春令》这般意境简素、充满人间烟火之气的好词来。忆元日，“千门明月，天如水，正是人间佳节”，正是如此。此刻，念及未至的新年景，唯有也应一句：

愿新春以后，吉吉利利，百事都如意。

几人全

不觉老将春共至，
更悲携手几人全。
还丹寂寞羞明镜，
手把屠苏让少年。

《岁日作》
唐·顾况

人老，春至，岁迟暮。

回首再看，人生不过二三事。

生老病死是生命常情，自有内里的因循。只是年岁渐长的今日，人终会心生蹉跎之感。顾况愈甚，于是他说，这年元日，沧桑与新春共至，而人已老。旧人故友也多已辞世，只剩那孤伶几人彼此慰藉。忆及此处，他内心更添几分凄然。

虽有炼丹之术，却发现到底是春不能还。镜中容颜衰枯，他已不忍去见。彼时，即使一杯屠苏酒在手，也不得不让少年先饮。人一旦老去，连同所有往日年轻时岁里的纵横、茂盛、骄傲、驰骋都一并式微。甚至饮酒，也分了一个先后。

这首诗大约作于诗人顾况晚年归隐茅山之时。顾况（730~806年），字逋翁，苏州海盐恒山（今在浙江海宁境内）人，唐代诗人、画家、鉴赏家。他曾任秘书郎、著作郎，职位不高，一生清风盈袖。

后来，顾况因作诗嘲讽时弊得罪权贵，被谗言陷害，贬为饶州司户。晚年，顾况隐居道教名山茅山（今在江苏境内），号华阳真逸（一说华阳真隐），自号悲翁。

道教受到唐朝统治者崇奉，因此发展十分兴盛。炼丹一事便是中国道教所特有的宗教活动。包括顾况在内，当时的许多文人、官宦都对炼丹一事十分热衷。长生不老之妄念肆行于世。然而还丹并无效用，生老病死是自然法则。彼时，顾况已然对此有深刻认知。一切企图颠覆自然法则的事终究都是徒劳。

“手把屠苏让少年”这一句所言，涉及了一个古代元日饮屠苏酒的习俗。这首诗题为《岁日作》，岁日即元日。依照古代风俗，元日那天当全家齐聚，共饮屠苏酒。

屠苏酒，一说是用屠苏草浸泡的酒，一说屠苏乃旧时某类草庵的名字，所谓屠苏酒便是在这种草庵内酿制而成的酒。相传，屠苏酒是由汉末名医华佗创制的，饮屠苏酒，可不病瘟疫。

国人素来讲究长幼有序，因此，饮酒在不同时间便有不同的次序规矩。平日饮酒，年轻人当礼让长辈，长者先饮。但元日不同，当少者先，长者后。最年幼的当饮第一杯，最年长的当饮最后一杯。

唐诗人裴夷直曾作诗《岁日先把屠苏酒戏唐仁烈》：“自知年几偏应少，先把屠苏不让春。倘更数年逢此日，还应惆怅羡他人。”自知年纪最小，故而饮酒之时便当仁不让饮下第一杯，不过他也知道，数年之后再至元日，他大约就要羡慕旁人的先饮之快了。

又有唐诗人方干作诗《元日》曰:“才酌屠苏定年齿,坐中惟笑鬓毛斑。”此二句的意思是说,饮屠苏酒时刚刚分过年龄大小,在座的人无不在笑言自己已然鬓发斑白。

再有北宋文豪苏辙作诗《除日》:“年年最后饮屠苏,不觉年来七十余。十二春秋新罢讲,五千道德适亲书。木经霜雪根无蠹,船出风波载本虚。自怪多年客箕颍,每因吾党赋归欤。”首二句的意思是说苏辙七十余岁时,每年都是最后饮酒的那一个。

另有南宋诗人杨万里《乙丑改元开禧元日》一诗中有“老子年龄君莫问,屠苏饮了更无兄”之句。这两句诗的意思是说,不要问他的年龄有多大,反正每年元日饮酒,他都是最后一个。也是表达了诗人叹老的凉落之心。

元日饮屠苏,长幼亦有序。这在诸如顾况一类的年迈诗人心中,自有一种无法淡却的凄然和慨叹。

只是这些,便是人生。

一岁除

爆竹声中一岁除，
春风送暖入屠苏。
千门万户曈曈日，
总把新桃换旧符。

《元日》
宋·王安石

春将至，人也新。

爆竹声声，岁时更替。

旧的年光就在那回眸一顾的刹那便倏忽而逝。年年都有新日，只是年头的日子分外瞩目。人总是对它倾注最丰盈的情意。亲朋集聚之时，人人手执酒盏，达旦畅饮屠苏。醉卧春风迎春暖，确是别样一番风情。

又遇得一日好天气，日照大地，暖暖曈曈，举目可见天光。于是，人们便在这温煦的阳光中，取下旧年的桃符，换上新的，蓄势待望新的时辰。读此诗，仿佛能穿越时光目睹那一帧人情热闹、烟火流彩的画面。王安石这首《元日》写的是元日，却又不单单是如此。

此诗写到了新年元日的两个习俗。一个是燃放爆竹，一个更换桃符。新年燃放爆竹是自古便有的习俗，只是古时燃放爆竹的初衷是驱灾辟邪。后来，燃放爆竹才发展成为一种庆贺仪式。

关于爆竹的起源，有一个传说。《荆楚岁时记》有记："正月一日，是三元之日也，《春秋》谓之端月。鸡鸣而起，先于庭前爆竹、燃草以辟山臊恶鬼。"古代志怪小说集《神异经》上也说："西方山中有人焉，身长尺余，一足，性不畏人。犯之则令人寒热，名曰山魈惊惮，后人遂象其形，以火药为之。”

这便是说，旧时燃放爆竹是为了驱吓危害人们的山魈。相传山魈畏火光、惧声响，因此每到除夕，人们便“燃竹而爆”，把山魈吓跑。另外，爆竹在古代起先是以真竹爆之。

清文人翟灏所编《通俗编》一书中这样描述“爆竹”一词：“古时爆竹，皆以真竹着火爆之，故唐人诗亦称爆竿。后人卷纸为之，称曰‘爆竹’。”唐诗人来鹄所作《早春》诗中便有“新历才将半纸开，小庭犹聚爆竿灰”的句子。

南宋诗人范成大曾作诗《爆竹行》一首，细致地描绘了一幅燃放爆竹的图景：

岁朝爆竹传自昔，吴侬政用前五日。
食残豆粥扫罢尘，截筒五尺煨以薪。
节间汗流火力透，健仆取将仍疾走。
儿童却立避其锋，当阶击地雷霆吼。
一声两声百鬼惊，三声四声鬼巢倾。
十声百声神道宁，八方上下皆和平。
却拾焦头叠床底，犹有余威可驱疠。
屏除药裹添酒杯，昼日嬉游夜浓睡。

再说桃符。桃符，古时两块绘有门神或写着门神名字，挂在门上用于避邪的桃木板。古人有习俗，会在辞旧迎新之际，择用两块桃木板，分别写上“神荼”“郁垒”二神的名字，或者用纸画上二神的图像，悬挂、嵌缀或者张贴于门首，意在祈福灭祸。《后汉书·礼仪志》记载：“桃符长六寸，宽三寸，桃木板上书‘神荼’‘郁垒’二神。”

关于“神荼”“郁垒”二神，有这样的传说。相传，东海度朔山之上，有一巨型桃树，树下有二位神将“神荼”“郁垒”把守。桃树枝柯虬曲蜿蜒三千里，伸展至东北方鬼门。鬼门下有山洞，洞内住着鬼怪千万。鬼怪每日必经桃枝出进。若有作乱恶鬼，二位神将会用芒苇将其降住，然后饲喂神虎。于是，“神荼”“郁垒”便成为民间镇邪驱鬼、祈福纳祥的门神。

年少时，每逢春节总是满心喜悦等候燃放烟火。那是少年时光里不可替代的趣致，深入时光的骨骼里，烙出印记。如今再望，时间已阑珊，年岁也惆怅。但那细微之美，依然在目。

飘零近

谁向椒盘簪彩胜？
整整韶华，
争上春风鬓。
往日不堪重记省，
为花长把新春恨。
春未来时先借问，
晚恨开迟，
早又飘零近。
今岁花期消息定，
只愁风雨无凭准。

《蝶恋花·戊申元日立春，席间作》
宋·辛弃疾

词间有女子，名曰整整。

有婀娜身姿，清媚面容。

他和她，身虽近，心却在光阴深处，隔着山水不知几千重。彼时，他心里伤感。正愁绪盈上，却见妙龄的整整婀娜而至。一双纤手幽柔可人，轻雅一伸，从椒盘里取出彩胜。又一个转身，便已经彩胜在鬓，俏艳如狐，艳倒人心神。

他怔怔地看着她，想起自己也曾有过年少风华。彼端的往事虽已不忍再提，却到底还是常因花期把春恨。

春天尚未到时，他期许花开之心始终热切。花开晚时，心中焦灼恼恨。花开早时，又担心它是匆匆一芳便凋零。而眼下这一年的花开时间亦尚未得知。于是，他便心恐风雨作阻，花期未能如人意。

他是辛弃疾。作此词时，辛弃疾年四十九岁，饱经沧桑，近知天命。南宋孝宗淳熙十五年（1188 年）戊申年正月初一，辛弃疾安居家中静思。

此刻，元日的一切热闹仿佛都与他无关。旁人的欢喜落在他的眼中，忽而就沉寂了，成了一种冷静的对照，对照他内心温湿的感伤。

辛弃疾的感伤来自于他壮志难酬的慨然。他的笔下，春不是那春，花亦不单单只是那花。他真正想要表达的是心底的一腔热血和被光阴抑制殆尽的报国之心。

当时，南宋偏安一隅，民生凋敝。辛弃疾作下此词的两个月前，太上皇赵构驾崩。如若此时宋孝宗作出决断，改变偏安政策，那么，抗金大业势必有所成就。只可惜宋孝宗多年来挞伐抵抗，终至锐气衰微之年。国家的命运也就一时无定，犹若那匆急的花期。

在这一首《蝶恋花》中，辛弃疾写到“椒盘”一词。所谓“椒盘”，即盛有椒的盘子。自古元日便有饮酒的习俗，流传至今依旧未变。吃团圆饭时，亲朋之间势必要畅饮几杯。觥筹之间，满是素朴的热闹人情。饮酒一事，古人更是别有一番情趣。

继而要提及“椒酒”。所谓“椒酒”，就是用花椒籽浸制而成的酒。古人在元日当天时常会将椒盘中的椒拿一些放在酒中浸泡之后再饮。之所以要在酒中放椒，主要是取椒之香味。

《荆楚岁时记》中有“俗有岁首用椒酒。椒花芬芳，故采以贡樽”之句。另外，椒酒主要是子孙用来向长辈进献，以表达祝吉祈寿之意。

椒酒，也可以指代椒柏酒，作椒酒和柏酒的统称。所谓“柏酒”，便是用柏树之叶浸制而成的酒。柏乃长青之树，寓长寿之意，且柏叶也有药用价值，可入药服食。明代名医李时珍的《本草纲目》记载，“柏叶”还有驱邪的效用，可辟一切疫疠不正之气。所以，古人元日必饮柏酒。

酒，
孤独时，可饮。
悲苦时，可饮。
畅欢时，可饮。
伤离时，亦可饮。

酒是好物。
只是这酒，喝到酣时，也成苍凉。

辛酉人
禹功作

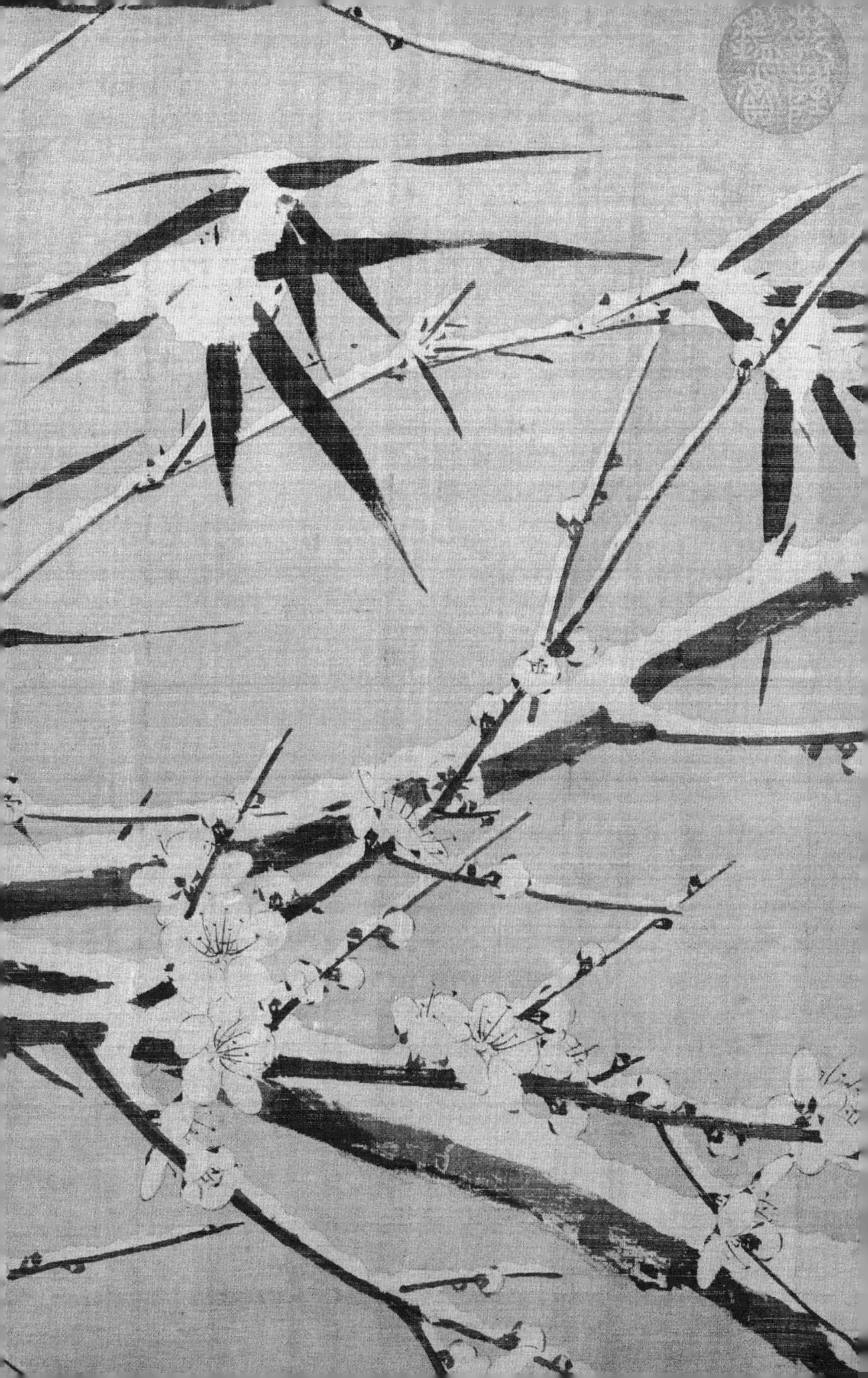

空垂泪

力不胜于胆，
逢人空泪垂。
一心中国梦，
万古下泉诗。
日近望犹见，
天高问岂知。
朝朝向南拜，
愿睹汉旌旗。

《德祐二年岁旦·其一》

宋·郑思肖

剎那间，浮生如旧梦。

一转眼，山河已成空。

他说，他的力气不及胆气，逢人便只能暗自潸然，空落泪。他自知己身力量单薄，不成气候。却又难捺一颗澎湃之心。旧时男子，家国之心如江山河海般郑重。如他，心中有大梦。只是这梦，虚空、无形、无定。到头来，可以将之表达的也只有类似《下泉》诗中的凄然感慨。

冽彼下泉，浸彼苞稂。
忾我寤叹，念彼周京。
冽彼下泉，浸彼苞萧。
忾我寤叹，念彼京周。
冽彼下泉，浸彼苞蓍。
忾我寤叹，念彼京师。
芃芃黍苗，阴雨膏之。
四国有王，郇伯劳之。

这首《诗经·曹风·下泉》是怀国诗。千万唏嘘，不敌一句“忾我寤叹，念彼周京”来得惊心。夜夜辗转不能眠，亦只因心存对周朝京都那一股劲烈的眷念。这首诗写的即是时政颠簸之下，百姓困苦流离的境况，以及诗人内心对故国的怀念和对明君的憧憬。

虽举目可见烈日，却不能以此论天高。无奈彼时南宋式微，已是朝不保夕。纵生机尚在，却已是气若游丝。江山飘摇不安，国家存亡的命途唯有天知。“日近望犹见”之“日”指代的便是皇帝，此处可引申为“国之生气”来解。

可怜他这有心人，日日向南拜，祈愿有一日能再睹北上抗元的汉宋旌帜。彼时他定然不知，写诗后不到二十天，国便不国。此诗作于公元 1276 年元日，一如诗名《德祐二年岁旦》。德祐是南宋恭帝赵㬎的年号。在德祐二年，正月十八（1276 年 2 月 4 日），宋朝执政的谢太后与五岁的宋恭帝派人向元军献上了传国玉玺和降表，国已不国，众生无望。郑思肖则是其中尤为心苦的那一个。

此诗题有“岁旦”，实则与“元日”并无相干。元日只是一个引

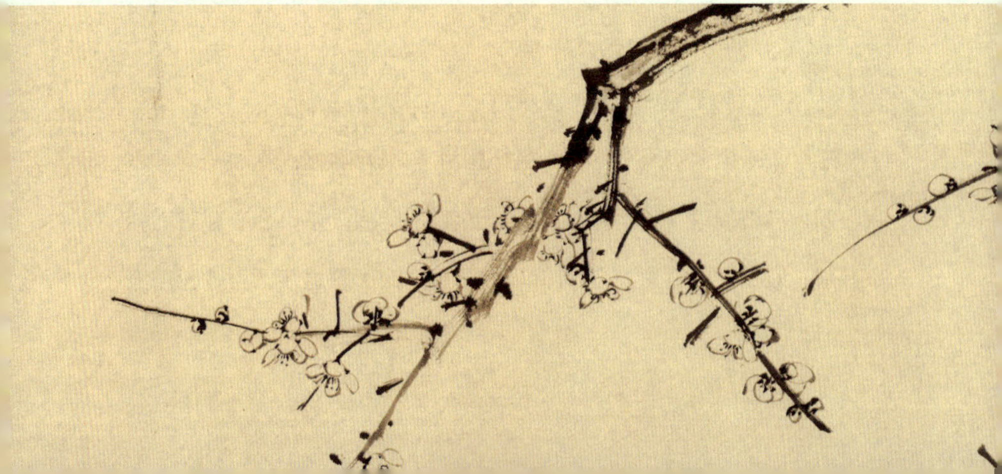

子，通常在这一日，人总会多思多顾望。郑思肖是南宋著名诗人，也是个有民族气节的男子。于是，在元日这一天，他便不由自主思顾起国运大事。

另外，“思肖”二字其实并非诗人本名。诗人幼名少因，在南宋灭亡之后，诗人隐居在苏州的一间寺庙当中，改名“思肖”。“肖”是南宋帝王姓“赵”字繁体“趙”的声旁字，“思肖”寓意“思赵”。

相传，南宋灭亡之后，郑思肖悲不胜悲，便决计从此坐卧必向南。临终前，更是嘱托其友书写牌位“大宋不忠不孝赵思肖”。明末清初诗人顾炎武更有诗《井中心史歌》盛赞郑思肖的爱国情怀。

一诗一酒一江山。

一梦一歌一年华。

诗间大梦，不负此生。

附

顾炎武《井中心史歌》

有宋遗臣郑思肖，痛哭胡元移九庙。
独力难将汉鼎扶，孤忠欲向湘累吊。
著书一卷称心史，万古此心心此理。
千寻幽井置铁函，百拜丹心今未死。
胡虏从来无百年，得逢圣祖再开天。
黄河已清人不待，沉沉水府留光彩。
忽见奇书出世间，又惊胡骑满江山。
天知世道将反覆，故出此书示臣鹄。
三十余年再见之，同心同调复同时。
陆公已向厓门死，信国捐躯赴燕市。
昔日吟诗吊古人，幽篁落木愁山鬼。
呜呼，蒲黄之辈何其多，所南见此当如何！

人日

今年人日空相忆

农历正月初七。

有剪彩、做人日菜、熏天饼、登高赋诗、思乡怀人等风俗。

传说女娲初创世，在造出了鸡、狗、猪、羊、牛、马这六种动物后，

在第七天造出了人。

所以，这一天便是人的诞生日。

所以，农历正月初七称为人日。

在花前

入春才七日，
离家已二年。
人归落雁后，
思发在花前。

《人日思归》
隋·薛道衡

这是一首游子之诗。

诗中写道："入春才七日，离家已二年。"意思是说，入春才不过七天，却已在异地过完两个年。离家时日不久却也觉得漫长。春节过后七日，便是人日。正月初一是春节，标志入春。从正月初一到正月初七，旧时习俗里分别有鸡、狗、猪、羊、牛、马、人日的说法。

再念那春雁北归，更是忧从心来。大雁尚有归期，人却没有。若是寻常一日，怕是那些念家的想法即便有，也不至于过分强烈。但人日有别，这一天自古便有登高、吟诗、怀人的习俗。于是，他便不由自主地忆念起家人的音容笑貌，想起家来。睹一片春情，不由得兴发出羁旅之思。

怀乡情意太浓烈，以致百花落在眼里，也是花发已迟，不及他思归之迅。他是这样一位恋家的男子。人日思归，是常情。那一日，觥筹交错之间，节日的热闹都不及游子思家的情意深刻。一切亲切的美好在远处沉落，思念不及这步伐。

此诗是隋朝诗人薛道衡的代表诗作之一，写得极为细腻深情。七日、二年、雁后、花前，都是在细微处落笔，拿归期与雁后、花前作比，一幅游子怀乡的深情图景便跃然纸上。

当时，薛道衡已是才名在外。

这首《人日思归》还有一段故事。据说，薛道衡作为北朝（隋朝）使者去拜访南朝的陈后主，却多日未曾得见圣颜。于是人日当天，便有朝臣上奏此事，说薛道衡已等候多时，到底也是隋文帝宠臣，亦是才华横溢的诗人，理当一见。

陈后主虽无长处，毫无治国之智，却也热衷附庸风雅，偏好吟诗作词。闻听薛道衡是诗人，便起了兴致，接见了他。初见薛道衡，陈后主便被他周身的儒雅之气所吸引。有些人，一亮相就有一种气场会漫出来，影响周遭的人。薛道衡也不例外。

于是，陈后主便直奔主题，道："听闻你诗名赫赫，何不献诗一首，以诉诚意。"薛道衡点头称是，开口便道出两句："入春才七日，离家已二年。"此两句诗确实平平，并无夺人之处，当即引来众朝臣的讥笑嘲讽。

却见薛道衡面色一顿，嘴角上扬，接了"人归落雁后，思发在花前"二句。霎时，众人哑然。朝廷之上，喧哗声立毕，阒寂无声。就是这惊艳人心的两句，让众人对薛道衡的诗才青眼有加。这首《人日思归》也从此流传开来。

宋词人贺铸作《雁后归·人日席上作》一词时，就将“人归落雁后，思发在花前”完整地引入了词中，实有画龙点睛之妙。只是这惊艳众人的两句诗并非贺铸原创，而是源起薛道衡的这首《人日思归》。

附

贺铸《雁后归·人日席上作》

巧翦合欢罗胜子，钗头春意翩翩。艳歌浅拜笑嫣然。愿郎宜此酒，行乐驻华年。

未是文园多病客，幽襟凄断堪怜。旧游梦挂碧云边。人归落雁后，思发在花前。

空相忆

人日题诗寄草堂，遥怜故人思故乡。
柳条弄色不忍见，梅花满枝空断肠。
身在南蕃无所预，心怀百忧复千虑。
今年人日空相忆，明年人日知何处？
一卧东山三十春，岂知书剑老风尘。
龙钟还忝二千石，愧尔东西南北人。

《人日寄杜二拾遗》
唐·高适

人日思乡是常情。

一如这年人日，他乡思甚浓，内心情思暗涌。也是因了人日的氛围，他便提笔作了此诗，寄予远在成都浣花溪草堂的杜甫。旧时，若能与谁彼此寄诗思怀，那么这二人的情意定然不是寻常。高适与杜甫即是如此。

首二句表明心意之后，高适便写道："柳条弄色不忍见，梅花满枝空断肠。"不过一晃神，他就被四下的红绿迷蒙了眼：柳条吐了绿，梅花红满枝。本是活泼可人的鲜艳景致，此刻却因诗人心中伤感，再好的风光落在他眼中，也是惘然，也是惆怅。于是，他便转过脸去，把目光收束在近处，不再去望。

那些年，也是国家多难之时。这一处干戈未息，那一处战乱四起，常年动荡不安。而他，却无奈身在南方，纵然他心里有再多忧思也是徒劳。就这样隔着千山万水，壮志难酬，匡时无计。

落笔至此，诗人笔锋再转，说："今年人日空相忆，明年人日知何处。"今年人日已是隔了不知几千里，怀念却终不能相见，明年人日更是不知彼此将会辗转何处，一切都是如此不可预计，甚是无常。

年轻时，他曾隐居尘外，生活虽然清苦，却也怡然。他决然不会料到，如今竟愧对了一身书剑，老在了这无谓的仕宦路途之上。现实着实令他伤感。

他自知年岁已高，力不从心，却依旧身居刺史之职，月月迎受俸禄，而好友杜甫却漂泊在外，孤苦无依。想到这里，他更是顿生羞愧，怅然不止。人日当怀人，更当忆苦自省。

此诗是唐代诗人高适晚年所作，一字一句都是肺腑之言，极为深情动人。高适与杜甫之间的情谊始于唐玄宗开元末年。盛年时，二人于山水路途之间相识，不过二三眼就知道彼此是内心相合的人。于是结为诗友，相伴而行，遍访名山大川。饮酒、作诗，无所不谈。

《吕氏春秋·本味篇》有载："伯牙鼓琴，钟子期听之，方鼓琴而志在高山，钟子期曰：'善哉乎鼓琴，巍巍乎若泰山。'少选之间，而志在流水，钟子期又曰：'善哉乎鼓琴，汤汤乎若流水。'钟子期死，伯牙破琴绝弦，终身不复鼓琴，以为世无足复为鼓琴者。"

高适与杜甫，
一如伯牙与子期，
都是懂得彼此的人。

人生若能得一二知己如是，已是足够。

安史之乱后，杜甫去往蜀地避难，此时恰逢高适在成都近地为官，所以高适便多次救济杜甫，年岁艰辛，彼此却都不曾遗忘诗情。后二人又经几番辗转，是年人日，高适在蜀州担任刺史，杜甫却远在成都草堂。高适触景生情，便作出这样一首《人日寄杜二拾遗》以托情思。

多年后，高适已不在人世，杜甫则流落至湘江畔，内心孤苦。一日，杜甫偶然翻出此诗，睹物思人，不禁泫然。后来，他便作了另一首《追酬故高蜀州人日见寄》。隔了浩浩汤汤如水光阴，他与他之间依旧情念未断，令人赞赏。

附

杜甫《追酬故高蜀州人日见寄（并序）》

开文书帙中，检所遗忘，因得故高常侍适——往居在成都时，高任蜀州刺史——人日相忆见寄诗，泪洒行间！读终篇末。自枉诗，已十余年；莫记存殁，又六七年矣！老病怀旧，生意可知。今海内忘形故人，独汉中王瑀与昭州敬使君超先在。爱而不见，情见乎辞。大历五年正月二十一日，却追酬高公此作，因寄王及敬弟。

自蒙蜀州人日作，不意清诗久零落。
今晨散帙眼忽开，迸泪幽吟事如昨。
呜呼壮士多慷慨，合沓高名动寥廓。
叹我凄凄求友篇，感时郁郁匡君略。
锦里春光空烂熳，瑶墀侍臣已冥莫。
潇湘水国傍鼋鼍，鄠杜秋天失雕鹗。
东西南北更堪论？白首扁舟病独存。
遥拱北辰缠寇盗，欲倾东海洗乾坤。
边塞西蕃最充斥，衣冠南渡多崩奔。
鼓瑟至今悲帝子，曳裾何处觅王门！
文章曹植波澜阔，服食刘安德业尊。
长笛谁能乱愁思？昭州词翰与招魂。

柳如烟

水精帘里颇黎枕，
暖香惹梦鸳鸯锦。
江上柳如烟，
雁飞残月天。
藕丝秋色浅，
人胜参差剪。
双鬓隔香红，
玉钗头上风。

《菩萨蛮》
唐·温庭筠

词中写了这样一个女子。

她幽婉。

她怅然。

她眉目间有哀怨。

首句写“水精帘里颇黎枕，暖香惹梦鸳鸯锦”。隔着水晶帘，枕着颇黎枕，覆着鸳鸯锦被，她神情和悦地卧在床榻上。只是不经意间，似从闭锁的眉目间渗出一丝愁绪。那愁绪是清淡至极的，甚至是倏忽不见的。虽隐约，却又实在。

又写“江上柳如烟，雁飞残月天”，写的是闺中梦。她眠卧在床榻上，梦见江，梦见柳，梦见雁，梦见月。梦见江边柳迷蒙似烟，氤氲成片。梦见春暖花开，大雁北飞。梦见夜色渐逝的临晓时分，残月如钩，光影幢幢。梦景纷繁，却亦凄然。

温庭筠有一支曼妙生花的温柔笔。只数语，一幅幽香女子惹梦的图景便跃然纸上。有点儿媚，又有点儿伤感。很是清淡，却也真切。好似那女子闺中悠然升起一股清烟，氤氲成纱，笼在她的软榻上。虽看不清她的面容，却可感受到一股惆怅气漫延开来。

然后，他笔一顿，就换了一帧画面，令人目不暇接，却也跟着心思荡漾。仿佛隔了一日，她便焕然一新。趁着人日热闹，也来追逐一份欢喜。“藕丝秋色浅，人胜参差剪”，只见她着一身莲藕色秋衫，将那人胜剪裁得琳琅参差，别在发间。

“双鬓隔香红，玉钗头上风。”就连那鬓发也是丝丝熨帖，伏在那一张香俏的脸上。碎步一迈，更是玉钗一步一晃，摇得人心怀荡漾，却看不到她内心的一丝涟漪。

整首词不着一句伤，一字悲，却又分明在那妩媚的画面里不经意留了一笔灰。让人分明能感知到，这女子亮丽妩媚后的一转身便是黯然。大约，她果真丢过一个他。

温庭筠的词，美亦媚。因他本身即是一个专力于“倚声填词”的词人，所以他笔下的词也多是花间月下、绮怨绮艳香软的闺情词。

古时，人日有剪彩一风。剪彩为人，或镂金箔为人，以贴屏风，亦戴之头鬓，亦可馈赠。包括这首《菩萨蛮》在内的许多古典诗词中也多有痕迹描述古时人日这一天剪彩的风俗。

闺妇持刀坐，自怜裁剪新。
叶催情缀色，花寄手成春。
帖燕留妆户，黏鸡待饷人。
擎来问夫婿，何处不如真。

这是明末清初诗人徐延寿所作的《人日剪彩》一诗。除此之外，唐诗人李商隐也有“镂金作胜传荆俗，剪彩为人起晋风”的诗句，张九龄也曾作过题为《剪彩》的诗。

人日剪彩之俗大约始于汉朝。到了南北朝的时候开始有文字记载，也就是南北朝时期梁朝宗懔所撰《荆楚岁时记》注引晋朝议郎董勋《答问礼俗》中的话：“人胜者，或剪彩或镂金箔为之。帖于屏风上，或戴之，像人入新年，形容改从新也。”

胜，它是一种女性配饰。可以被剪制成各种形状。类似于剪纸工艺。人日，有个别称，叫作“人胜节”。也就是说，许多女子会佩戴人胜，即被剪制成人形的胜。也有花胜，顾名思义，即是将胜剪制成花的形状。更有草、飞禽等各种式样，寓意迎春，迎万物复苏之盛景。

胜，真是一件窈窕轻妙的饰物啊！

却无端

长途酒醒腊春寒，
嫩蕊香英扑马鞍。
不上寿阳公主面，
怜君开得却无端。

《人日新安道中见梅花》

唐·罗隐

恰逢人日，他落第而走。

远途不知吉凶。

清清冽冽而行。

他是科考落败的书生。内心百千忧扰，难能静定。彼日，他内心钝重，情绪萎靡。辗转欲去杭州投奔官居杭州刺史的友人。却始料不及，半路上小憩时，春寒倒进身体，逼他酒醒。

一个不经意，竟瞥见那道上有一株盛开的梅。就那么红艳艳的，直直地扎入他的眸里。嫩蕊花香，汹汹扑来，延蔓遍及。不错，那一树梅着实惊动了他的心。

只是他看这梅，仿佛荒野冷酷，深感疲惫，却在这孤境里意外遇到光。也不是不美，只是有些意外，有些惊喜。也不是不好，只是耀眼了些，有点儿刺目。于是，他叹。叹那落梅为何不去妆点寿阳公主的倾城颜。如今却妖冶艳艳，落在他面前。开得毫无理由，也着实令人伤感。

这首《人日新安道中见梅花》是唐人罗隐作于人日的诗，除了诗题与作诗时间，诗的内核其实与人日关联不大。人日原本即是内涵丰蕴的，只是自古人日文人多思怀，于是，就平添了几分伤感。若是如罗隐一般书生落第，自是感慨万千。

古人读书皆为功名仕宦，是用一生下注的事。所以，科考落第断然不是简单的事情。寒窗苦读只为一朝，却无果，其中甘苦冷暖恐怕难为外人道也。幸，罗隐有支好笔，一横一撇，就落下一首诗，情意都在其中。记起罗隐那首后人朗朗上口的《自遣》：

得即高歌失即休，多愁多恨亦悠悠。
今朝有酒今朝醉，明日愁来明日愁。

有所得时，纵声高歌；有所失时，亦无所谓。纵有太多的愁恨也可抛之脑外，如此这般，也照样悠闲自得，惬意自在。今日若有酒，便就今日畅饮至醉，明日若有愁，也就明日再去愁罢。一句“今朝有酒今朝醉，明日愁来明日愁”真是将落第书生心底的那一份悲愁刻画得蚀骨铭心。

再说《人日新安道中见梅花》一诗中的典故。“不上寿阳公主面，怜君开得却无端。”他之所以写梅会落笔至寿阳公主，是因为寿阳公主与梅花之间有一段繁艳往事，颇有意趣。

寿阳公主是南北朝时期刘宋王朝开国皇帝刘裕的女儿。她曾在某年的人日卧于含章殿下小憩。恰巧此日，大朵梅花盛开檐下，颇为惹眼。她原本也不知有那娇艳梅花在树顶盛放，依旧自顾自小睡。却不曾想，日后自己竟因这梅花被后人口耳相传。

彼时，含章殿前有北风阵阵。一个不经意的瞬间，便落了几枚花瓣在寿阳公主的额上。梅花有渍，花渍就那么轻轻一脱，便在她额上浸出了花斑。

待她醒来，才发现额上有落花，轻轻拂去，竟留下清艳有致的花痕，美得惊人心。恰巧有宫女见到这一幕，被寿阳公主这不自知的点缀惊艳得无言。好一树曼妙的梅，好一位妩媚的寿阳公主。也正是因为此事，后宫诸人便开始争先效仿。

五代前蜀诗人牛峤有《红蔷薇》一诗，诗中就有“若缀寿阳公主额，六宫争肯学梅妆”之句。后来，这鬼斧神工的飞来之妆更是传入民间，得到女子的喜爱。

少年时曾背《木兰辞》，那一句“当窗理云鬓，对镜贴花黄”颇为生动。俨然可以看到木兰端坐梳妆台边，内心温柔的可人模样。不知，那花黄是否便是那一日梅花落在寿阳公主额上的妙，面上的好。

又沉沉

丙午人日，予客长沙别驾之观政堂。堂下曲沼，沼西负古垣，有卢橘幽篁，一径深曲。穿径而南，官梅数十株，如椒，如菽，或红破白露，枝影扶疏。著屐苍苔细石间，野兴横生。亟命驾登定王台，乱湘流，入麓山，湘云低昂，湘波容与，兴尽悲来，醉吟成调。

古城阴，有官梅几许，红萼未宜簪。池面冰胶，墙腰雪老，云意还又沉沉。翠藤共、闲穿径竹，渐笑语、惊起卧沙禽。野老林泉，故王台榭，呼唤登临。

南去北来何事？荡湘云楚水，目极伤心。朱户黏鸡，金盘簇燕，空叹时序侵寻？记曾共、西楼雅集，想垂杨、还袅万丝金。待得归鞍到时，只怕春深。

《一萼红》

宋·姜夔

长沙，观政堂。

堂下，有古老城墙。

城墙北面，有官府种下的几株经人工盘曲的梅树。新花初绽，还未长成可以贴鬓佩戴的成熟模样。如少女般泄露出一种温柔的美。是羞涩，也亮丽。不耀眼，却悦目。花影扶疏，怎么看都那么美。

只是，那曲池里的水，冰冻未解，流浮于池面上，有粼粼波光泛出，突然凉了耳目。更有那城墙半腰，积雪未消，好不萧条。景还是那景，只是他倏忽换了心境，于是见冰不是冰，见雪不是雪。再抬头，又见云意沉沉，大约还是有一场大雪的。

到这里，姜夔开始按捺住心中忧悒，宕开一笔，将眼前的亮丽美景娓娓道来。他到底是有浪漫情怀的。待他再转眼，业已迈步至翠藤架下，在竹间小径里穿行。身边友人三三两两地欢悦畅谈，言笑晏晏。细碎又连绵的笑语声不时四起，惊起阵阵沙禽。

心境变换之后再看周身的景色风致。竟感觉，那深山田野、绿林清泉就是在等着他去游赏。定王台上那故王的亭榭也似是在唤他登临。美意入了心，他的心也就沉静了。心静，于是看待人事也就宽得多，也深得多。

词到下阕，姜夔一笔落回内心惆怅。情意在悲欢之间辗转，更见他内心的动荡难安。所以，这一时，他看那飘荡的湘云，流逐的楚水，又是一番伤怀，再一次地忧上心来。

他不知道这些年，自己南去北来疲累奔波所谓何事。不是不厌倦，是没有那个机缘，来看穿这俗世凡心里的虚空和并无深意的纷扰。

是为人日。各家门户朱红，画鸡贴于其上。各家春盘金黄，彩燕盛于其中。一派喜庆模样，唯独他冷静思量，叹那时光空流逝，却未曾留得半点眷念。

想当年，也曾与那个她西楼雅集。只遗憾，待他今时策马归去，纵那万缕柳丝依旧袅娜生姿，怕是也抵不过春到深处意阑珊。早已人事全非，两般模样。这首《一萼红》意境甚美，景致繁艳之美，心境忧悒之美，皆在词中展现。

此词写于公元 1186 年，即宋孝宗淳熙十三年，正月初七。时姜夔客居长沙，游岳麓山。是日，姜夔与友人在诗人萧德藻家观政堂的曲池附近散步。随后游兴大发，横渡湘江，再又登临定王台，内心思绪翻涌，一时间，便动了伤情，也是不得已的事情。

旧时文人好雅兴，自古就有人日登高赋新诗的传统。唐代文豪韩愈便曾有《人日城南登高》一诗传世。

初正候才兆，涉七气已弄。霭霭野浮阳，晖晖水披冻。
圣朝身不废，佳节古所用。亲交既许来，子姝亦可从。
盘蔬冬春杂，尊酒清浊共。令征前事为，觞咏新诗送。
扶杖凌圮阯，刺船犯枯葑。恋池群鸭回，释峤孤云纵。
人生本坦荡，谁使妄倥偬。直指桃李阑，幽寻宁止重。

诗是好诗，日是好日。文人情意一满，便总有风流无限。姜夔不比韩愈，他少年孤贫，屡试不第，终生未仕，一生转徙江湖。靠卖字与亲朋的周济为生，甚是清苦。也有说他人品秀拔，体态清盈，气貌若不胜衣，大约也是俊雅的。

不知是否果真有一个她，
在西楼与他邂逅。
最后两两相忘。
各安天涯。

无今昔

无边春色。
人情苦向南山觅。
村村箫鼓家家笛。
祈麦祈蚕，
来趁元正七。
翁前子后孙扶掖。
商行贾坐农耕织。
须知此意无今昔。
会得为人，
日日是人日。

《醉落魄·人日南山约应提刑懋之》
宋·魏了翁

他对人日是有情怀的。

清朴，深刻。

有他的道理在。

人日春色似是美好无边，处处是春情。只是，春情易寻，人情却难觅。但南山却是温柔祥瑞的好地方：民风淳朴，人情热闹。人日这一日的内蕴也只有在承载人情之后才有所担当。因此，他便落笔来细写南山的人景与风情，讲与你听。

他看那南山：每一村，都是箫鼓声阵阵；每一家，都是笛音悠悠。就是这样温纯炽烈的场面，人人倾心。村民淳朴，他们向天祈愿，祈求来年是个丰收年。祈麦祈蚕，都赶上正月初七这个好时节。

“翁前子后孙扶掖”是说老人在前子孙在后，子孙搀扶着老人，一起向前走。这是礼，是仪，是安平，是和睦。“商行贾坐农耕织”则是写商人贩运，贾人坐店，农人耕织。这是秩序，是规则，是一种各司其职的文化讲究。

人日原本即是女娲造人日，过人日这个节，从根本上说即是一种集体庆生。中国人自古讲究喜庆，是喜则庆。只是它有讲究，便有了丰

富的内涵，成为一种传统。魏了翁的这首词用细节铺陈出了一种大气的意境。末了，一语道破词的内核：“会得为人，日日是人日。”

懂得做人，每一日也便都是人日。

结尾这句尤为有力，与前几句所叙的简朴古风相比照，是一种深

进，越过人情周全的表象得出一个道理。这一点似乎正是人日背后真正的意蕴。这一首词的诞生也正是作者意中人本主义思想最直接的投射。

西汉的东方朔在《占书》中便有“初七人日，从旦至暮，月色晴朗，夜见星辰，人民安，君臣和会”一说，即人日的核心是人民安。

人是根本，因此，会得为人，自然日日是人日。

心之所向，才是生之内核。若是心中欢喜，则日日是节日，日日都可庆贺。若心中郁结难抒，也就见山不是山，见水不是水，纵使日日是良辰，怕也是不能享得片刻欢愉。因此，魏了翁这句“会得为人，日日是人日”说得再好不过。

魏了翁（1178~1237年），字华父，号鹤山，邛州蒲江（今属四川）人。宋宁宗庆元五年（1199年）进士，官至端明殿学士。他平生推崇程朱理学，是朱熹之后理学的正宗传人，与著名理学家真德秀齐名。他是理想主义者，是心中自有善本乾坤的人，凡事讲究周全。

这首《醉落魄》里，他说人情难觅，却又眨眼在南山觅得，且面面周详，都是他所乐意见到的模样。就是这样的默默温情，无端的荡漾人心。这词里有一种温柔，吟在口中，仿佛鬓丝眉宇之间，皆是悠然之气，怡情自得。

因这人日里的人情，处处依他心。

元宵

来宵还得尽馀欢

农历正月十五，有挂花灯、放烟火、猜灯谜、
舞狮舞龙、吃元宵、迎紫姑、走百病等风俗，
源于汉武帝“太一神”的祭祀活动。
正月十五称为“元宵”始于晚唐。
宋时，才普遍使用“元宵”一说。
元宵节又被称为上元节、灯节。

莫相催

火树银花合，
星桥铁锁开。
暗尘随马去，
明月逐人来。
游伎皆秾李，
行歌尽落梅。
金吾不禁夜，
玉漏莫相催。

《正月十五夜》
唐·苏味道

是夜，明媚如昼。

街市上花灯成片。

夜空里花火点点。

天上人间，光海一片。

远处，铁索未锁，城门大敞，他老远就能清清楚楚地看见护城河上那一座姿态华艳的桥。因是元宵佳节，所以被装点一新。星光落在上面，也是分外欢然。“星桥铁锁开”写的即是元宵夜里的这座桥。彼时，它看上去光影幢幢，十分耀眼，好似银河里的星辰汇聚而成，很是惊艳。

城中的街道上更是人群如潮。间或有游人骑马观灯，一路惹起尘烟漫布。天空亦有明月相照，好似不离不弃地专为追随凡尘里的芸芸众生而来。真是风清、月白、人喜的良辰。

街上时有歌声四起。那是花枝招展、容姿艳丽的歌姬们唱起的《梅花落》一调。一路走，一路唱，一路桃李香飘。夜美，人美，歌声美。就连京城的守护军都取消了禁夜之令，达旦讨欢。

于是，他叹“金吾不禁夜，玉漏莫相催”。说那计时用的玉漏再不要催迫时间流走，允准他肆意沉沦在这一夜，活在浮花浪蕊的风情里，彻底体味一次人生的风流与欢妙。

苏味道写元宵夜景，别有一番风情韵致。这首《正月十五夜》颇得后人心意，那一句“暗尘随马去，明月逐人来”更是被后世再三引用也未见半分倦意。

苏轼便有“帐底吹笙香吐麝，更无一点尘随马”之句，写尽了仕宦人家的奢靡繁华。蒋捷也有“而今灯漫挂。不是暗尘明月，那时元夜”的句子。周邦彦的《解语花·上元》一词写元宵节，亦未曾疏忽它。

风消绛蜡，露浥红莲，花市光相射。桂华流瓦，纤云散，耿耿素娥欲下。衣裳淡雅，看楚女、纤腰一把。箫鼓喧，人影参差，满路飘香麝。

因念都城放夜，望千门如昼，嬉笑游冶。钿车罗帕，相逢处，自有暗尘随马。年光是也，唯只见、旧情衰谢。清漏移，飞盖归来，从舞休歌罢。

好一句“花市光相射”。正因为元宵节张灯结彩，夜明如昼，所以元宵节又被称为“灯节”。至于元宵张灯始于何时，众说纷纭，莫衷一是。较普遍的说法是始于汉朝，但在南北朝时已蔚然成风，这一点是毋庸置疑的。

南朝梁简文帝萧纲的《列灯赋》中即有“何解冻之嘉月，值蓂荚之盛开，草含春而色动，云飞彩以偕来。南油俱满，西漆争然，苏征安息，蜡出龙川，斜晖交映，倒影澄鲜”的记载。

到隋唐时期，张灯、观灯的风俗更甚从前。隋炀帝有《正月十五于通衢建灯夜升南楼》一诗：“法轮天下转，梵声天上来。灯树千光照，花焰七枝开。月影凝流水，春风含夜梅。幡动黄金地，钟发琉璃台。”将当时元宵的妖娆夜景描绘得淋漓尽致。

人生似长，却也短。匆匆几十载，也不过是远途一程。寸金难买寸光阴。这正月十五夜，着实令人欣悦不已。良宵一刻，又岂止值千金。

帘不卷

星河明澹，春来深浅。
红莲正、满城开遍。
禁街行乐，暗尘香拂面。
皓月随人近远。
天半鳌山，光动凤楼两观。
东风静、珠帘不卷。
玉辇待归，云外闻弦管。
认得宫花影转。

《明月逐人来·上元》
宋·李持正

元宵也是灯节。这灯，密密铺开，满城开遍红莲，蔚为耀眼。真真是，夜深景盛。灯月交映的一夜，四下里皆是情意浓烈，仿佛换了人间。彼一时，天上不敌人间，却是星河暗淡，相形见绌，忽然之间入不了眼。

何以为红莲？说的即是那莲花灯。何以制红莲？陈元靓《岁时广记》引《岁时杂记》曰："上元灯槊之制，以竹一本，其上破之为二十条，或十六条；每二条以麻合系其稍，而弯屈其中，以纸糊之，则成莲花一叶；每二叶相压，则成莲花盛开之状。爇灯其中，旁插蒲捧、荷叶、剪刀草于花之下。"

又说那市井热闹。京城的街道人山人海，处处皆乐。放眼过去，是满满当当的笑颜，似天地皆是趣意。也因如此，尘埃也跟着流连四起，犹若滚滚烟雾，也是动人。

其实也是心境好，所以，看什么便都有了一份亲近的趣意。举目见月，也似那月，是在逐人步迹，随人远近。

古时君王多喜热闹。是夜，皇帝也会坐在御楼上看灯，不忍错过这份欢愉。静坐凤楼帘后，观那鳌山灯盏，心中大悦。所谓"鳌山"，是元宵灯景的一种，即是将万千彩灯堆叠成山，状若巨鳌。

这民间世景于此良夜，落在皇帝眼中，大约也是能被看出几分贵气的。一句“东风静、珠帘不卷”脱口，便见一种深广大气，却不与欢腾而逆。

待夜深，皇帝摆驾回宫时，更能闻听鼎沸乐声，如若从天而降，如若云外而来。一眼望去，群臣相随，声势浩大。百官那顶上花翎竟也错落有致，连成一片，犹似花海，颇为壮丽。

李持正这首《明月逐人来·上元》写的即是这样一些景，一些情，一些意。描绘时节风物的词不好写，南宋的张炎曾慨叹：“昔人咏节序，不唯不多，付之歌喉者，类是率俗。”李持正不单是写得意蕴生动，更是首创了《明月逐人来》这一词调，不可忽略。

观灯一事自古即是元宵节的一项重要内容。李持正又是如此情怀温柔，将元宵盛景化繁为简，于细微之处见盛大。写星河，写莲灯，写禁街，写尘埃，写明月。虽只是一些常见的事物，却写得氤氲生烟，颇有韵味。

之后又写皇帝御驾亲临，与百姓同乐。窃以为最动人的是那一句皇帝回宫时百官随驾的“宫花影转”四字，颇有气场，似是真真可见当年百官相随的阵势，写得实为不易。

诗中也提及了皇帝“御楼观灯”一事，正是此处要说的。旧时元宵灯会甚为铺张。唐朝历代皇帝都有元宵御楼观灯之习，且阵势甚为隆重。民间的显宦、富豪也是纷纷摆出架势，施以重金来搭筑灯楼，争抢风头。如是，元宵街市变得华丽壮观，灯明如昼，极是喧嚣与欢盛。

唐小说家张鷟在其所撰社会札记《朝野佥载》载：“睿宗先天二年正月十五、十六夜，于京师安福门外作灯轮，高二十丈，衣以锦绮，饰以金玉，燃五万盏灯，簇之如花树。宫女千数，衣罗绮，曳锦绣，耀珠翠，施香粉……妙简长安、万年少女妇千余人……于灯轮下踏歌三日夜，欢乐之极，未始有之。”

无论今昔，若至元宵，都是一夜良辰，百乐百欢。正是，花灯烟火照通宵，喜乐天天。

坐青灯

铁马蒙毡，银花洒泪，春入愁城。
笛里番腔，街头戏鼓，不是歌声。
那堪独坐青灯。想故国、高台月明。
辇下风光，山中岁月，海上心情。

《柳梢青·春感》
宋·刘辰翁

宋末。天地玄黄，举目沧桑。沦陷后的都城临安已是满目疮痍。他独坐在青灯下，遥想着故都临安的情景，但见身披毛毡的蒙古骑兵在街头巡行。

空中烟花伴人洒泪。春天，不由自主地来到这充满愁绪的城市。

节日的笛声中，充满了北人的番腔，街头的戏鼓间，曼妙的南方风格的歌声再也听不见。

刘辰翁当时隐居在故乡庐陵山中，清苦度日。独自对青灯，在那微光中，恍然忆起昨日——那一年故国明月下，阑珊灯节。还有其他。如那年，辇下风光，也曾似锦繁华；现如今，山中岁月，哪堪故臣逸民平静；望南天，海上抗元，不由人思绪连绵。

这阙词写得深沉，也苍郁。仿佛知道那一处，坐定的孤凄老者见落日，忆往事，竟忍不住泪眼婆娑。也不是没有过和美时光，却无奈元人铁蹄南下，国便不国，家不成家。

他最终也唯有只身避在山里看时光辗转。内心的沉与痛也非是那词曲可以表达。他就是这样一个有气节的铮铮男子！

刘辰翁青年时仕途不济。宋理宗景定三年，即公元 1262 年，因廷试对策触怒权贵未能考取。后来元军南下，他便弃文从武，跟随文天祥起兵勤王，参加了抗元斗争。无奈南宋大势已去，抗元斗争接连战败。南宋灭亡之后，刘辰翁不与元人为伍，便隐居在故乡庐陵山中。

他曾作过三首与元宵节有关的词。一是这首《柳梢青·春感》，一首是三叠长调《宝鼎现·春月》，还有一首便是与李清照相关的《永遇乐·璧月初晴》。

词曰：

璧月初晴，黛云远淡，春事谁主？禁苑娇寒，湖堤倦暖，前度遽如许。香尘暗陌，华灯明昼，长是懒携手去。谁知道、断烟禁夜，满城似愁风雨。

宣和旧日，临安南渡，芳景犹自如故。缃帙流离，风鬟三五，能赋词最苦。江南无路，鄜州今夜，此苦又谁知否？空相对、残釭无寐，满村社鼓。

他在这阙词的序里写道：“余自乙亥上元，诵李易安《永遇乐》，为之涕下，今三年矣。每闻此词，辄不自堪，遂依其声，又托之易安自喻。虽辞情不及，而悲苦过之。”所言及的李清照《永遇乐》词正是前文所述的那一阙。

李清照生活在两宋之交，也是临国难，发悲情，作下《永遇乐》那阙词。与彼时刘辰翁的境遇颇为相似，所以，他读到李清照那一首《永遇乐》便心生痛意，诉之于词。

后来，他又作下三叠长调《宝鼎现·春月》，以元宵为引，托春景，言悲情，皆是抒发故国之思的佳作。他生不逢时，春半良宵也只余萧索寒意。

人间苦，天见怜，梦里落泪。好一句“天上人间梦里”。

附

刘辰翁《宝鼎现·春月》

红妆春骑，踏月影、竿旗穿市。望不尽楼台歌舞，习习香尘莲步底。箫声断，约彩鸾归去，未怕金吾呵醉。甚辇路喧阗且止。听得念奴歌起。

父老犹记宣和事，抱铜仙、清泪如水。还转盼沙河多丽。滉漾明光连邸第。帘影冻、散红光成绮。月浸葡萄十里。看往来神仙才子，肯把菱花扑碎。

肠断竹马儿童，空见说、三千乐指。等多时、春不归来，到春时欲睡。又说向灯前拥髻。暗滴鲛珠坠。便当日亲见霓裳，天上人间梦里。

细如尘

春雨细如尘，
楼外柳丝黄湿。
风约绣帘斜去，
透窗纱寒碧。
美人慵剪上元灯，
弹泪倚瑶瑟。
却卜紫姑香火，
问辽东消息。

《好事近》
宋·朱敦儒

春雨淅沥，轻细如尘。楼外有金黄柳丝，渐渐被细雨打湿。绣花窗帘也被春风拂起，斜斜地掠向一旁。她是屋里人，见窗外萧索春景，只觉寒意微浓，渗透窗纱轻蔓袭来。

这便是朱敦儒笔下的闺中女子。心中哀愁，似有挂念。因此，更懒于起身，更疲于剪灯。欲鼓瑟以舒怨怀也不得。只见她身倚瑶瑟，一个恍神，终于落下泪来。她难耐心中不安，到底是忍不住转身。擎起一炷香拜求厕神紫姑，算卦问卜，是否已有来自远方他的消息。

好深的情，却只字未言明。朱敦儒这首词写得很是隐忍。层层铺叙，末句点名词意，却又戛然收住，意境浑成，蔚为精妙。

词中提及女子“慵剪上元灯”，所谓剪灯，即是剪纸做灯。周密撰《武林旧事》中卷二“灯品”记：“灯品至多，苏、福为冠，新安晚出，精妙绝伦……又有深闺巧娃，剪纸而成，尤为精妙。”

宋大诗人陆游的诗作《十二月一日》中亦有“女剪上元灯”之句，这便说明宋朝时，剪纸做灯，乃闺人巧技，且通常女子会提前剪纸做灯以备上元灯节玩赏。

又有“却卜紫姑香火”一句，引了紫姑一典。紫姑，又称“子姑”，传说民间有女子，名唤紫姑，原本是大户人家的妾，贞静淑慧，得丈夫宠爱，于是遭大妇所嫉，受尽欺凌，一说后因不堪辱虐于正月十五激愤而死，一说为大妇所害而亡。

关于紫姑的传说，说法各异。苏轼曾在其志怪小说《子姑神记》里记下过紫姑的传奇。在此说法之中，子姑有名有姓，且确有其人。

中国古代神话，精深动人。大到三皇五帝，小至灶仙厕神，每一种生活方式、每一个古老物件，都有神明守护庇佑。紫姑，便是厕神。依照苏轼的记载，紫姑，唐代女子，本姓何，名媚，字丽卿。她自幼聪慧，姿容出众。长大之后，嫁与伶人为妻。

武则天垂拱年间（685~688年），寿阳刺史李景设计害死何媚之夫，后将其纳为侍妾。何媚，人如其名，如春风妩媚。在三妻四妾的封建社会，从不乏妻妾成群争风吃醋的戏码。何媚的命运也不例外。得到何媚之后，李景对其百般宠溺，发妻曹氏悍妒，心生歹念。

在正月十五的夜里，何媚被曹氏杀害于厕中。何媚含冤惨死，死后阴魂难去。每每李景如厕，总能听到何媚的哭声，甚而偶见何媚身影，做出“手持兵刃、大声呵斥”的姿态。武则天闻知此事之后，对何媚心生怜悯，下令封其为“厕神”。

后来，世人将厕神的样子，制成纸人或木人，供奉于茅厕之中。

每逢元宵之夜，祭祀之时也会恭迎厕神驾临。并有迎词曰：“子胥不在，曹妇亦去，小姑可出。”子胥指李景，曹妇指李景的发妻，小姑自是何媚。相传紫姑有灵，对其诚心占卜，能知祸福。

这便是古时正月十五“迎紫姑”之习俗的由来。《荆楚岁时记》云：“其夕，迎紫姑，以卜将来蚕桑，并占众事。”自古有“元宵之夜请紫姑，保佑吉祥赐安福”的说法，讲的即是每逢正月十五夜，女子便用畚箕为架，以扶乩形式迎接紫姑降临，拜请紫姑保佑蚕桑丰收，人畜两安。

旧时女子卑贱低微，常不能自保。逢年过节，便总寄望于无有之神，无有之仙，祈福庇佑。紫姑即是其中之一。朱敦儒笔下的女子亦是如此。夫君远赴沙场征战，她只身无力，孤自一人。日夜难安之下，她唯能良夜问紫姑，也是别无他法。她只欲知，那远方牵念的他是否安好如昨。

世间女子，总是深情。

附

苏轼《子姑神记》

元丰三年正月朔日，予始去京师来黄州。二月朔至郡。至之明年，进士潘丙谓予曰：“异哉，公之始受命，黄人未知也。有神降于

州之侨人郭氏之第，与人言如响，且善赋诗，曰：‘苏公将至，而吾不及见也。’已而，公以是日至，而神以是日去。”其明年正月，丙又曰：“神复降于郭氏。”予往观之，则衣草木为妇人，而置箸手中，二小童子扶焉。以箸画字曰：“妾，寿阳人也，姓何氏，名媚，字丽卿。自幼知读书属文，为伶人妇。唐垂拱中，寿阳刺史害妾夫，纳妾为侍妾，而其妻妒悍甚，见杀于厕。妾虽死不敢诉也，而天使见之，为直其冤，且使有所职于人间。盖世所谓子姑神者，其类甚众，然未有如妾之卓然者也。公少留而为赋诗，且舞以娱公。”诗数十篇，敏捷立成，皆有妙思，杂以嘲笑。问神仙鬼佛变化之理，其答皆出于人意外。坐客抚掌，作《道调梁州》，神起舞中节，曲终，再拜以请曰：“公文名于天下，何惜方寸之纸，不使世人知有妾乎？”予观何氏之生，见掠于酷吏，而遇害于悍妻，其怨深矣。而终不指言刺史之姓名，似有礼者。客至逆知其平生，而终不言人之阴私与休咎，可谓知矣。又知好文字而耻无闻于世，皆可贤者。粗为录之，答其意焉。

尽馀欢

正怜火树斗春妍，
忽见清辉映夜阑。
出海鲛珠犹带水，
满堂罗袖欲生寒。
烛花不碍空中影，
晕气疑从月里看。
为语东风暂相借，
来宵还得尽馀欢。

《元夕咏冰灯》
明·唐顺之

月光如昼。

他身着锦衣，夜行于市。原本也只是顿足街头，赏那元宵灯树的千般娇艳万般美好。忽然，有一束光落入他的眼中，似是阑月清辉。有一种温柔的逼迫，让他无法不侧目凝望。于是，他才见到那冰灯辉煌，列于街市之上，散发着冷冽的光。

走近再看，竟见那冰灯的灯身之上有水滴集聚，似要消融，却又轻缓有致。那水滴好似鲛人的珠泪，有一种光泽存在。看得久了，周围观赏的人便都觉得凉，那寒气虽不急迫攻心，却也着实令人生畏。

冰中有灯，是为冰灯。灯内花烛清光闪烁，那光晕由内而外漫出，自生一种幽柔与妩媚。似是从月里窃来，与这良辰好景极是相衬，怔怔望着便令人出神。“为语东风暂相借，来宵还得尽馀欢。”欲与东风说，欲让时间缓。好待他明日再来讲这冰灯的风情，阅它一个酣畅淋漓、尽致饱满。

冰灯出现的时间不详，而咏赞冰灯之诗作甚多。明人唐顺之的这一首大约是最早的。古代冰灯制作讲究技巧。原料自然是冰，亦可用雪。因冰融速度较快，所以古人为了保持冰灯的形态，延长其观赏寿命，会在冰内加入矾。或者干脆，用矾水淋雪成冰，使其所做冰灯

“至二三月间方解”。

清人方观承在其《冰灯》诗序中写道“缚细篾为灯形，以水淋之凝结”，说明了古时冰灯的大致做法。通过方观承的两句话也可以知道，因是水淋，若要成冰灯，则需要很低的气温，所以冰灯通常流行于北方，南方只有在气温极低时才会偶尔出现。

另外，冰灯形状亦是姿容千百，呈奇献巧。《吉林纪事诗》记载当地的冰灯是“镂八仙、观音等象于薄片，裁以作灯，夜燃烛放光，几如刻楮之乱真，其巧诚为不可思议”。

在清人朱绪曾所纂辑的《国朝金陵诗征》中对新疆著名的巴里坤冰灯这样记载：“广长十余丈，其内山原、楼阁、玉屏、石壁、几案、人物悉搏冰为之，照以烛。”着实惊艳。

在《国朝金陵诗征》当中还收录了道光初年因受大案牵连被革职流放新疆巴里坤的官员金德荣的一首题为《巴里坤冰灯歌》的长诗。他写道：

雪山高与天山接，上有万古不化雪。
朔风一夜结作冰，裁雪妙手持为灯。
以砚入冰冰不化，以烛照冰光四射。

五里以内尽通明，半月能教天不夜。

……

此是塞外一奇景，凭虚幻出玲珑境。

珠宫贝阙窈而深，不似蜃楼空现影。

羌余迁谪万无状，兴酣欲与寒威抗。

满浮大白和月吞，不信冰山堪倚傍。

月支留滞历三春，三见冰花镂刻新。

世间创格乃有此，不枉只身行万里。

日光流转映照之下，冰灯连绵，夜明似昼。金德荣曾如此形容彼时初见冰灯之时内心的惊动与欣悦：“平生足迹几半天下，从未见此奇制”。可见冰灯之奇丽巧绝。

另，唐顺之在诗中写到“鲛珠”二字，援引了“鲛人泣珠”一典，在此处略作交代。鲛人，是一种鱼尾人身的灵异物种，类似于西方神话中所说的人鱼。相传他们生产的鲛绡，入水不湿。并且，传说他们哭泣时，眼泪会滴落成珠。电影《鲛珠传》也是由此而来。

典籍中关于鲛人的最早记载，大约见于西晋张华所撰《博物志》，文曰：“鲛人从水出，寓人家，积日卖绢将去，从主人索一器，泣而成珠满盘，以与主人。”（据《太平御览》卷八〇三引）说的是鲛人为报答主人，泣泪成珠。鲛人泣珠的故事即来源于此。

东晋干宝在《搜神记》卷十二中也有相关记载：“南海之外，有鲛人，水居如鱼，不废织绩。其眼泣则能出珠。”南朝梁任昉的《述异记》中也提到说：“蛟人即泉先也，又名泉客。南海出鲛绡纱，泉先潜织，一名龙纱，其价百余金。以为服，入水不濡。南海有龙绡宫，泉先织绡之处，绡有白之如霜者。”

如此，再读唐顺之那一句“出海鲛珠犹带水”，内心似真有灯影漫漫，泛出轻窈明光。他轻轻一笔落墨，似是果真有鲛珠浮跃纸上，亦似可见那旧年冰灯的晶莹娇艳。

花朝

百花生日是良辰

清代开始，北方定花朝于二月十五，南方定花朝于二月十二。
有祝神庙会、游春扑蝶、种花挑菜、晒种祈丰、制花糕、赏红等风俗。
花朝，盛行于武则天执政时期。
武则天嗜花成癖，于是，每至农历二月十五，她便令宫女采集百花，
和米一起捣碎，制成花糕，来赏赐群臣。
后来上行下效，渐形成“花朝”。

是良辰

百花生日是良辰，
未到花朝一半春。
万紫千红披锦绣，
尚劳点缀贺花神。

《咏花朝》
清·蔡云

恍然回首，竟已是百花成洲。

天地一片繁锦色，花光肆意。

所谓“百花生日是良辰”断然是有理的。也是，这日是花朝，悠悠好时一半春。且看那百花夭灼之艳，好似换了人间。处处都是灼人眼的靡丽艳艳。他看着看着，也就醉了，于是便念那春深之处的百花之主，不知是否也有一日会化身成女，飘然而至。

若是果真有缘遇见百花所化女子，他大约也是会如崔玄微一般在庭前摆上美酒佳肴，与之听风酌酒，度一夜良宵。

念及此处，一时快意，忍不住便道，“万紫千红披锦绣，尚劳点缀贺花神”。说眼下，这街市上的炫目雕饰似是那千红万紫的花，盛如锦绣，似是人人有欢情，都忍不住要妆点一二，以贺花神。

蔡云这首《咏花朝》既已写到崔玄微与花神，便不能不提及一段嚣艳往事。此一段事记于唐人谷神子所撰的志怪小说集《博异志》。原文写得精妙冶荡，情致楚楚，十分动人。

有男子名曰崔玄微，唐天宝年间的文雅书生。生得俊眉秀目。彼时，正值早春二月。某夜。他一如往常，踱步至庭前园中，内心清和宁谧，不觉任何异样。坐定之后，便品茗赏花，心中无限欢悦。

忽然，见一群姿容绝丽的女子前来谒见，一时无措。彼时，他只觉有阵阵春风，百花弥望，不知不觉便迷醉其中。也不知那花香因何这般浓烈，令他惊讶。女子一一自我介绍，他单单记住娇小玲珑的那一个，众人唤她，醋醋。待崔玄微醒过神，欲上前问众女子来由时醋醋却先一步开了口。

醋醋说，有扰主人，众姐妹欲借此地与封姨相见。崔玄微不知封姨是何人，但见醋醋开口，周身亦是和颜，也便应声无碍。崔玄微是宽厚之人，既有女子前来相聚，也是缘深。于是，他便命丫鬟准备果肴，摆上美酒，以尽地主之谊。

封姨来时已然令崔玄微身下清风扑灌，却不知缘何。再见周身女子，心里一阵惊动，不曾想，这些如花的女子竟个个非是凡间物。

众女子谢过崔玄微之后，便与封姨把盏畅饮。原本是好事，却因封姨大悦碰翻了酒盏，洒了醋醋一身的酒水。醋醋也是心意不开阔的小女子，竟生生动了气。怒曰："诸人即奉求，余不奉求。"于是，拂衣而起。夜宴也终究不欢而散。

崔玄微心中几多遐想，却也没有着落。却不料次日，在他正心思忡忡，思考昨夜之事的诸般不寻常时，醋醋竟又一次现身，说明了事情的原委。听醋醋三言两语道尽，崔玄微便觉恍然，自觉一种仙意在。原来如此。

昨夜众女子都非凡间物，乃百花之精，或为花神。醋醋亦是石榴所化。原本众女子欲在人间花苑令百花盛放迎春，却遭遇风神封姨刮风阻挠。

于是，昨夜本欲借崔玄微做东，齐齐向封姨求情，却因昨夜醋醋一时性急，将事情弄坏。今日，众姐妹相怨，醋醋只好再次现身，请崔玄微出手相助。

崔玄微是凡间男子，也不知自己可为何事。于是便听醋醋说道，需准备红色彩帛数条，画日月星辰等图案于上，并于二月廿一的五更，将绘有图案的彩帛悬挂在园中的百花树上，即可。

否则，狂风起时，会将百花扫落。于是，崔玄微便依醋醋吩咐，将事情办妥。遵彼指教，置备彩帛，画日月星辰其上。五更时分，将彩帛悬于园中花枝之上。

这一天，果真狂风大作，百花却因崔玄微的帮助幸免于落。后来，众花神重又现身，齐齐来到园中向崔玄微道谢。并各自兜出百花花瓣，赠予崔玄微和水服下。彼时，崔玄微不知，饮百花水者，可活至百岁。也因此，民间便开始流传一种习俗，即每逢此日夜里五更，便纷纷悬彩护花。“花朝”节便应运而生。

不知彼时，谷神子撰此传奇，是否也是怜春光日短，匆匆而逝，于是决定落笔写下这样一个春风夭夭的故事，以慰心中难尽的春情。

是如此。这春日时光总是短暂，犹如烟云，似是年年也不能尽兴。只是，若能与命里良人执手，我想，即便是片刻春光，大约也是好的，也是足够的。

袅东风

春到花朝染碧丛，
枝梢剪彩袅东风。
蒸霞五色飞晴坞，
画阁开尊助赏红。

《沪城岁事衢歌》（选一）
清·张春华

沪城是上海。

张春华笔下的道光十九年（1839 年）以前的古老沪城，在这花朝一日别有无限风情。彼日，诸般生灵都似被那春风熏染过。于是，他开篇即入题，以一句“春到花朝染碧丛”落笔于琳琅春景，然后再慢慢收束。

他先写花朝时令，万草皆荣，碧丛之绿也似要渗出，着实耀眼。句中一个“染”字更是将春意氤氲的美好写得十分生动。大有王安石那句“春风又绿江南岸”中的一“绿”之妙。碧即是绿，绿则是一种生机，大约也是这春半的时日里最显著的颜色。如此，满眼碧丛，只是沉默地望着便已然有一种无言的生气。

低眉是绿意无限，抬眼又是一番活泼的好风景。“枝梢剪彩袅东风”写的是人们悬挂于花木之上的红绸彩条随风摇荡。这番景象，似藏地的片片经幡，放眼望去，或许也有一种祥瑞之气在，也会透出几分禅意。且又有百花相衬，实在让人不得不以之为妙。

落笔此处，不由忆起《红楼梦》第二十七回《滴翠亭杨妃戏彩蝶　埋香冢飞燕泣残红》里写道：“至次日乃是四月二十六日，原来这日未时交芒种节。尚古风俗：凡交芒种节的这日，都要设摆各色礼物，

孤舟蓑笠翁獨釣寒江雪

祭饯花神。言芒种一过，便是夏日了，众花皆卸，花神退位，须要饯行。然闺中更兴这件风俗，所以大观园中之人都早起来了。”

要说的虽是芒种，却因循写出了花朝。也说，“那些女孩子们，或用花瓣柳枝编成轿马的，或用绫锦纱罗叠成干旄旌幢的，都有彩线系了。每一棵树上，每一枝花上，都系了这些物事。”曹公写得再生动不过，是可以想见的一番风情，一帧喜庆的画面。真是美了眼目，悦了心目。

再说回张春华的诗。他继而写到“蒸霞五色飞晴坞，画阁开尊助赏红”，那是一种潇洒闲逸的淡然。坐在楼阁之上，执一盏清酒，看花坞之上烟霞媚媚，真是再闲适不过的生活。

张春华在诗注中也点出了花朝“赏红”的习俗：“花朝，剪彩悬枝，为赏红。”花朝那日，自古就有剪红色绸条之类的丝条悬于花木之上的习俗，有祝花木繁盛、人寿年丰之意味。此举即为“赏红”。清人顾禄所撰《清嘉录》中也写道：“（二月）十二日，为百花生日，闺中女郎剪五色彩缯黏花枝上，谓之赏红。”

这首诗写得曼妙，有一种洒然的喜庆之气在。可知花朝之日，人心之悦也是一道羞涩又意蕴绵长的好风景。全诗就如同一帧画，似有二三少年欢喜小跑，也见各家女子悬彩言笑，再有他与友朋弟兄齐聚楼阁，把酒对春风，笑谈人生事未了。

春光弥望，满心花情。多么好。

社日

柳暗花明又一村

汉以后，分春、秋二社。
春社定于立春之后第五个戊日，秋社定于立秋之后第五个戊日。
有赛会箫鼓、酒肉欢宴、停用针线等风俗。
自上古时期帝禹开始，即有社日。
《史记·封禅书》记载：“自禹兴而修社祀，后稷稼穑，
故有稷词，郊祀所从来尚矣。”
汉以前，只有春社。

醉人归

鹅湖山下稻粱肥，
豚栅鸡栖半掩扉。
桑柘影斜春社散，
家家扶得醉人归。

《社日》
唐·王驾

好一帧民俗画。

淳朴，又意趣盎然。

鹅湖山下，有村落几许，绵密而布。日光落在村落里，是一片氤氲的黄。似是预示着稻肥谷良，也真是到了丰收的光景。一切都看过去，有一种饱满和合之美。这是毋庸置疑的好时光。

此诗起笔的两句“鹅湖山下稻粱肥，豚栅鸡栖半掩扉”，是写村居的风光。他见鹅湖山下的稻粱丰硕，庄稼长势喜人，丰收指日可待，内心之喜可以想见。又有豚栅鸡栖，半掩门扉，视野瞬时收束住，来写村里的细处。

猪归圈，鸡回巢，六畜兴旺。写这些寻常物、寻常景，也是在渲染社日的喜庆。单单想象一下这样一幅真实淳朴的图景，便心生一种和安清定。朴实的村落里生活着朴实的人，朴实的人过着朴实的生活，却有温情无限的一种安稳之意。

却又只是，见猪见鸡，唯不见人。又是家家门扉半掩，似有一种夜不闭户的安宁和睦之气。令人听之叹之，心下无限慨然。但诗人道来，这人未见也是有原因的。非是凭空消失，亦不是作者主观臆想落笔无据之实。人不见，是因为村民都去参加社日活动了。于是，便巧

妙地将诗意向后过渡。

诗题虽是社日，却未明写社日。未写社日活动的开始，也无过程的描述，只有“桑柘影斜春社散，家家扶得醉人归”两句来给予听者和观者一个社日活动结束村民归家的解答。这两句写的是社散人归，“影斜”见春社之时久，“醉人”见春社之尽兴，以活动结束后的情形来反衬社日的欢盛景况。

丰收社日，举家欢喜。这大约也是最朴素的一种情意。彼时，村人的一切欣悦不过只是与衣食相关。至淳至朴，并无他念。如此，真是美好。

诗人王驾的诗名虽远不及同时期的李商隐、杜牧，但这一首《社日》却写得着实出色。句词平实但铺陈出了一种温馨，笔墨极简，亦很含蓄，却是于简单表象之下暗蕴无限乾坤，令人回味。

古时，春秋两季均有例行祭祀土神的活动，也就是有春社和秋社两个社日。王驾这一首诗写的是春社。但无论是春社，抑或是秋社，大体活动的内容都是相似的。《荆楚岁时记》曰："社日，四邻并结宗会社，宰牲牢，为屋于树下，先祭神，然后飨其胙。"

南宋诗人黄大受有诗《春日田家三首》（其二），描写了春社活动的大致过程。

二月祭社时，相呼过前林。
磨刀向猪羊，穴地安釜鬵。
老幼相后先，再拜整衣襟。
酾酒卜筊杯，庶知神灵歆。
得吉共称好，足慰今年心，
祭馀就广坐，不间富与贫。
所会虽里闾，亦有连亲姻。
持殽相遗献，聊以通殷勤。
共说天气佳，晴暖宜蚕春。
且愿雨水匀，秋熟还相亲。

酒酣归路暄，桑柘影在身。
倾欹半人扶，大笑亦大嗔。
勿谓浊世中，而无羲皇民。

春社祭祀时，总是众人相邀，齐齐前往。然后一起杀猪宰羊，安灶烹煮。准备祭品，然后拜神谢恩，并为来日祈愿庇佑，期许丰收。之后，便是祭祀结束之后的酒肉分食。

乡里之间，坦诚相对，广场就座，不分贫富，共说天气晴暖宜于养蚕。大口吃肉，大口喝酒，言笑酣畅。那是一种毫无约束的、旷放坦荡的农民生活。至淳至朴，风情无限。

默念此诗几句，似是可以感受到：敞荡的田野之上，大风拂过，空气里亦有泥土清香，远处便是大笑大嗔的淳朴乡景，无限美好。

乱玉堂

社公今日没心情，
为乞治聋酒一瓶。
恼乱玉堂将欲遍，
依稀巡到第三厅。

《春社从李昉乞酒》
唐·李涛

那时，他尚是兵部尚书，亦是唐敬宗子李玮的十一世孙。朱温篡唐之后，李涛恐涉祸端，便前往湖南避乱。在经历五代十国的动乱之后，他在宋初担任兵部尚书。诗题中所提到的李昉与之同朝为官，担任翰林学士。

李昉，字明远，深州饶阳（今河北饶阳县）人。生于后唐庄宗同光三年（925 年），以荫补斋郎，选授太子校书。后汉乾祐中，举进士。仕汉、周归宋，三入翰林。宋太宗朝拜平章事。性和厚，好接宾客。李昉为文慕白居易的浅近易晓。著有文集五十卷，又奉敕撰《太平御览》《文苑英华》《太平广记》等书，并行于世。卒于宋太宗至道二年（996 年），年七十二岁。

诗中“社公”则是指代诗人自己，据宋词人叶梦得于《石林诗话》里所记“社公，涛小字也。唐人在庆侍下，虽达官高年，皆称小字”可知。叶梦得又记：“涛性疏达不羁，善谐谑，与朝士言，亦多以社公自名，闻者无不以为笑。”

由此可见，李涛也真是一个旷荡不羁、心意疏达之人。如此，他作出这一首向李昉讨酒喝的俏脱的诗来，也是情理之中的事了。

春社这日，李涛心绪不佳，于是在春社集会翰林院之时，便想向李昉讨得一瓶酒来喝。不知是要借酒消愁，还是其他。只知，他大约是个嗜酒的男子。似是怕人知他肚里酒虫作乱，便想出了一个讨酒的由头来掩饰。“为乞治聋酒一瓶”，他说讨一瓶酒喝是因它可以治聋，也真是滑头。

社酒治聋的传闻来由不明。根据史料所记，李涛这一首《春社从李昉乞酒》已是最早出现社酒治聋一说的文字载体。因此，这一种说法很可能最初便是由李涛所杜撰。但无论如何，社酒治聋的说法便真由此诗开始，流传了下来。后人诗作当中时有出现。

他又说，“恼乱玉堂将欲遍，依稀寻到第三厅”。似是等待得太久，于是像少年一般怨怒起来。见李昉与大家一一敬酒，不急不慢，最后才到第三厅与自己喝酒，直言此事着实令他恼乱。

嗜酒的人，临酒当下总是欠缺几分雍容，多了几许铿锵和烈性。于是他也就无所忌惮，将心中所怨诉诸笔端，毫不掩饰。

忽忆起嵇康和李白，他们都是嗜酒人。酒亦是性情物，它与人之间也似是有一种选择。美酒配良人，才有一种韵致，才是一帧好景。而嵇康、李白二人与酒之间，有的远不止风月闲谈，更有一份潇洒闲逸的旷荡与天地万物共付一身的人生意蕴在。

嵇康是美男子。传说他喝酒时也别有一番风姿，饮至微醺，便犹如玉山倾倒。竹林七贤中，饮酒一事，嵇康亦是最懂得节制。却也因此，醒也不是，醉也不是，才遭来最后的祸事。

至于李白，他是酒中作诗，诗里成仙。一杯美酒下肚，见天见地，都似开阔了几分；听风听雨，也是最有风情。

而今读李涛，又是一个酒中性情人。“社公今日没心情，为乞治聋酒一瓶”，竟是一种肆无忌惮的怨，却也有一分洒然之意在这字里行间。他也曾是帝王家的人，改朝换代也不能灭尽骨子里那一份自由傲慢之气。

“恼乱玉堂将欲遍，依稀巡到第三厅”，旁人都已喝遍，这才轮到他李涛，真是令人恼怒。他是真的不满了，他李昉一杯酒，等得他李涛好生焦灼。似是能听到，那一处他闷着气站在堂上桌边心里头的声声叹。

就是一首如此直白的诗。

他似是一个少年，只不过是要讨一杯酒喝。
单纯，飒爽，有男子气。
没有其他。

闲乘月

莫笑农家腊酒浑，
丰年留客足鸡豚。
山重水复疑无路，
柳暗花明又一村。
箫鼓追随春社近，
衣冠简朴古风存。
从今若许闲乘月，
拄杖无时夜叩门。

《游山西村》
宋·陆游

一句“山重水复疑无路，柳暗花明又一村”，不知惊艳了多少人。陆游写《游山西村》，是真的“游”，心中是放浪山野农家的清朴与单纯，别是一种风雅。勿笑农家腊月自酿的酒浑，丰收年月农家人亦有丰盛的饭食可以待客。

陆游开篇二句写得简单质朴，却有无限画外音。那酒是有些浊，却正是这农家浊酒，极致爽口，是富庶之家的子弟所不能体会的甘醇，有一种无束无缚、可撸袖畅饮的天然之乐在其中。农家自是清苦，却有那浓厚人情。

一声笑，便胜过千万。

却道农家在何处，在那柳暗花明的小村中。山行之路，山重水复是常景，只是山水重叠回转，令行人犹疑路在他途。却不料，穿过明丽花，越过苍碧柳，一个回环又一个往复，眼下竟霎时间豁然开朗。让人无端便想起陶公的《桃花源记》。此时，他大约也觉得自己化身成了武陵人。

“柳暗花明又一村”一句中的“又”字写得最妙。有一种突兀感，却又不是唐突，是一种拔地见山、拨叶见海的惊喜，又有一种忽自疏朗开阔、绝地逢生的感动。这村庄的显现，竟是这般触动人心。

走近村落，他又听到箫鼓齐鸣，村人结队庆贺，迎神赛会，方才知道，原来是春社祭日将至。只见村人衣冠简朴，却又充满怡然之趣。果真是个民风淳朴、欢喜知足的好地方，深得陆游心。于是，他又写“从今若许闲乘月，拄杖无时夜叩门”，恍然似见他与老农月下作知音的画面。

陆游以社日入题所写的诗作尚有不少。

此诗最为高妙。清丽明净，甚是灵动。读来便觉有一种安然世外的淡静之气，令人心旷神怡。陆游此诗中有“箫鼓追随春社近”之句，提到了社日赛会箫鼓的习俗。社日赛会，是指社日这一天祭祀土地神的活动，亦被称作“赛神会”。赛会之时，会箫鼓齐鸣，异常热闹。

诸般庆贺，亦不过只是希冀来年五谷丰登、六畜兴旺。

附

陆游写的与社日有关的诗作如下：

春社

柴门西畔枕陂塘，社雨新添一尺强。
台省诸公方衮衮，故应分喜到耕桑。

春社

太平处处是优场，社日儿童喜欲狂。
且看参军唤苍鹘，京都新禁舞斋郎。

社鼓

酒旗三家市，烟草十里陂。
林间鼓冬冬，迨此春社时。
饮福父老醉，嵬峨相扶持。
君勿轻此声，可配丰年诗。

社酒

农家耕作苦，雨旸每关念。
种黍蹋麹蘖，终岁勤收敛。
社瓮虽草草，酒味亦醇酽。
长歌南陌头，百年应不厌。

社日

百谷登场酒满卮，神林箫鼓晚清悲。
蝉依疏柳长言处，燕委空巢大去时。
幼学已忘那用忌，微聋自乐不须医。
伤心故里鸡豚集，父老逢迎正见思。

社日

坎坎迎神鼓，儿童喜欲颠。
放翁无社酒，闭户课残编。

社日小饮

社雨霏霏湿杏花，农家分喜到州家。
苍鹅戏处塘初满，黄犊归时日欲斜。

社肉

社日取社猪，燔炙香满村。
饥鸦集街树，老巫立庙门。
虽无牲牢盛，古礼亦略存。
醉归怀馀肉，沾遗偏诸孙。

社饮

东作初占嗣岁宜，蚕官又近乞灵时。

倾家酿酒无遗力，倒社迎神尽及期。
先醉后醒惊老惫，路长足蹇叹归迟。
西村渐过新塘近，宿鸟归飞已满枝。

社饮

世上升沉一辘轳，古来成败几樗蒱？
试看大醉称贤相，始信常醒是鄙夫。
起舞非无垂白伴，暮归仍有髮髦扶。
即今不乏丹青手，谁画三山社饮图？

社日小饮

人生当惜老年时，醉插山花压帽欹。
世事恰如风过耳，微聋自好不须治。

社日小饮

社日西风吹角巾，一樽强醉汝江滨。
杏梁燕子还堪恨，归去匆匆不报人。

社日小饮

催花初过社公雨，对酒喜烹溪友鱼。
尽道乱山穷绝处，年华未觉异吾庐。

又软语

过春社了，度帘幕中间，去年尘冷。差池欲住，试入旧巢相并。还相雕梁藻井，又软语商量不定。飘然快拂花梢，翠尾分开红影。

芳径，芹泥雨润。爱贴地争飞，竞夸轻俊。红楼归晚，看足柳昏花暝。应自栖香正稳，便忘了、天涯芳信。愁损翠黛双蛾，日日画阑独凭。

《双双燕·咏燕》

宋·史达祖

秦楼东风里，燕子还来寻旧垒。馀寒犹峭，红日薄侵罗绮。嫩草方抽玉茵，媚柳轻窣黄金蕊。莺啭上林，鱼游春水。

几曲阑干遍倚，又是一番新桃李。佳人应怪归迟，梅妆泪洗。凤箫声绝沉孤雁，望断清波无双鲤。云山万重，寸心千里。

相传此词为宋人阮逸女所作，题为《鱼游春水》。那一句“燕子还来寻旧垒”道出了燕子念旧的天性。燕子，亦称社燕，是典型的候鸟。因离开故乡小镇多年，也就与那软语社燕多年未见，但始终不忘社燕黑白清丽的羽色，深知它是一种极美的鸟。

宋人史达祖这首题为《咏燕》的词甚妙。他用拟人的手法将一双北归的燕子描写得灵动亦深情。春社已过，正是春暖花开的好时节。此时，燕子陆续北归。史达祖笔下的这一双燕子则尤为可人。

它们于帘间穿行不息，欲寻得旧年栖宿的巢穴。最终找到时已尘埃遍布，萧索又冷冽。它们来此便是想安居旧巢，并肩共栖。却又来回端详屋梁天棚，似是情人呢喃私言，软语商量，颇有情致。

居意已定。一双社燕便似一对称心人，开始奔波忙碌，来往于花间。原来是要衔芹泥筑巢。双双由上而下俯冲，贴地飞行，错落有致。似是在比一个流丽，一个轻俊，实在有趣。只是，一穿花一度柳，因贪恋花柳姿影，便忘却了时间。回来红楼小筑之后，自顾自栖香正稳，遗忘了受人之托递信之事。

竟惹得那一头“愁损翠黛双蛾，日日画阑独凭”，似闺阁女子般空惆怅。末尾二句落笔不紧不缓，却将词意深刻了几分，于深刻中寥落情韵幽雅地流露出来。

郑振铎也曾写燕，他道：

当春间二三月，清飔微微地吹拂着，如毛的细雨无因地由天上洒落着，千万条的柔柳，齐舒了它们的黄绿的眼，红的白的黄的花，绿的草，绿的树叶，皆如赶赴集市者似的奔聚而来，形成了烂漫无比的春天时，那些小燕子，那么伶俐可爱的小燕子，便由南方飞来，加入了这个隽妙无比的春景的图画中，为春光平添了许多的生趣。

不知是否仍有人记得这幼年时学习的老课文。如今想来，彼时读来清新脱俗的文章今时竟散发出一些旧时光的气味——是属于记忆和童真的，是属于故乡和老教室里那一副破损的桌椅的。

却无奈，现实中人情寡淡。那些陈年记忆与少年时光，今已苍老。犹似双双社燕渐飞渐远，不复还。记忆渐斑驳，人心亦淡凉。只道今时，人燕两沧桑。

双飞燕

年年社日停针线。怎忍见、双飞燕？今日江城春已半。一身犹在，乱山深处，寂寞溪桥畔。

春衫著破谁针线？点点行行泪痕满。落日解鞍芳草岸。花无人戴。酒无人劝，醉也无人管。

《青玉案》

宋·黄公绍

那一年，他与她失散于半夏。

这一年，他与她相忘于天涯。

每一年社日将至，女子都会停下手里的女红针线，去游春，去扑蝶，去赏花。这一年却不同，他忽自便坠落在往事当中，念及如烟旧事，念及她。于是，也就情不自禁，心里黯然。却又是燕归时，见飞燕双双。他不忍见，只觉四下里况味酸楚。

今日，这江城业已过了春半。本是莺莺燕燕的温柔时节，他却只身一人，流离在这乱山深处。这一刻，竟是万事皆欠，只能立在溪桥畔，形影相吊，自惜自怜。

又道“春衫著破谁针线”，时年日久，身上的衣裳终渐旧损，却不知还有谁可来与他缝补？那些年，彼此之间温暖细微，却遗憾，当时只道是寻常。今时再相见，已是落得天涯海角两两相望，终年相逢无期的悲伤。竟未忍住，终泫然泪下，湿满衣裳。

倏忽一辗转，便是黄昏。他解鞍下马，抬头见夕阳西下，俯首入眼的，亦不过只是萋萋芳草连片。末三句更是浓意密集。只写得叫人静默无言，心中悲伤。满眼春花，无人戴；酗饮社酒，无人劝；醉了之后，亦是无人管。

黄公绍，生活在宋元之际。彼时元人南下，大宋飘摇。他本是咸淳年间的进士。入元之后，却未曾入仕。也是时不他与，心中是自有一种孤愤，后便羁旅在外，晚年隐居于樵溪。这一首词写得极为凄婉，也是极为真诚。孤身羁旅，况味凄凉。

词里说到“年年社日停针线”，停针线是社日的风俗。自唐宋以来，每逢社日，女子都会放下女红，放下针线，也是难得的闲。大可与男子一同酒肉欢宴，也参与箫鼓赛会，祭祀土地之神。

甚有传说，若是这一日仍旧弃闲做活，便会使人听力变弱。元明之交时期的瞿祐在《居家宜忌》中便写道：“社日，令男女辍业一日，否则令人不聪。”又有北宋张邦基于《墨庄漫录》一书中说，“今人家闺房，遇春秋社日，不作组纠，谓之忌作。”

水陌轻寒，社公雨足东风慢。定巢新燕。湿雨穿花转。
象尺熏炉，拂晓停针线。愁蛾浅。飞红零乱。侧卧珠帘卷。

北宋名臣寇准的这首写闺中思妇社日孤愁的《点绛唇》亦写到“停针线”一事。只是这首词有“花间”之气，较黄公绍这首《青玉案》，是绮艳，更是情意缱绻。一句“愁蛾浅”后接一句“飞红零乱”，便令人不自觉想起越剧《西厢记》里崔莺莺的那段唱词：

柳暗花明又一村

落红阵阵，遍地胭脂冷，
蝴蝶梦断，杜鹃惊花魂。
昨夜他，锦囊妙诗传音讯，
今日里，玉堂人物难相亲。
系春心，柳短情丝长，
隔花荫，人远天涯近。
恹恹瘦身早伤神，
裙带宽难消愁，几度黄昏。

寄病身

消渴天涯寄病身，
临邛知我是何人。
今年社日分馀肉，
不值陈平又不均。

《嘉兴社日》
晋·刘言史

他是怀才不遇的落寞人。

这一年社日，他游居嘉兴。秋收已毕，原本是祭神酬谢的好日子，他却心生一种微酸的情绪。也是无奈，只怪光阴凉薄，待他不厚，空有一腹无用才。

他说，他就好似当年的司马相如，身患顽疾浪迹天涯，却无人知。只有在临邛当垆卖酒的卓文君，知道自己是何许人。就是这样一种孤凉无助的境遇，想也是悲，不想也是苍凉如旧，并无二致。于是，他忽然想到社日分肉的事。

社日是古人祭神之节，隆重而神圣。上至天子，下至黎民，都会封土立社加以祭祀。举行社祭之时，各家各户都需要拿出各类食物献祭，意为报答地神恩惠，使得秋日丰收。

年年祭祀拜神都是酒肉铺张。这一年的社日祭祀之后，亦是要分配社祭之后所剩之肉。只是，他说，若没有那陈平，估计大家总是会担心余肉分配不公。似是话里有话，有未尽之音。其实，他是以司马相如和陈平自喻，以抒内心积郁。

他只是自觉怀才不遇，内心忧愁。刘言史是才子，只是彼时仕运不佳，未能济世。社日这一天，他见各家秋收后喜笑颜开，不禁自怜。而他又是独自一人旅居嘉兴，心中就不免时有苍凉感触。

此诗用典连续。“消渴天涯寄病身”中的“消渴”指代的即是司马相如。消渴也就是消渴病，亦即如今所说的糖尿病。

司马相如曾患此疾病。《史记·司马相如列传》记载：“（司马相如）转迁孝文园令，常称疾闲居，有消渴病，病免，卒。”之后一句中的“临邛”则是当年卓文君为司马相如弃父离家当垆卖酒之地，在此便是指代卓文君。

凤兮凤兮归故乡，遨游四海求其凰。
时未遇兮无所将，何悟今兮升斯堂！
有艳淑女在闺房，室迩人遐毒我肠。
何缘交颈为鸳鸯，胡颉颃兮共翱翔！
凰兮凰兮从我栖，得托孳尾永为妃。
交情通意心和谐，中夜相从知者谁？
双翼俱起翻高飞，无感我思使余悲。

司马相如与卓文君的情事众人皆知。落魄书生与千金小姐的爱之颠沛流离让后人唏嘘不已。司马相如这一曲《凤求凰》更是如风冶荡，醉了不知多少世间男女。

后两句“今年社日分馀肉，不值陈平又不均”中提及的“陈平”则是西汉名臣，汉初的宰相。《史记 · 陈丞相世家》中写道：“丞相平者，阳武户牖乡人也。少时家贫，好读书，有田三十亩，独与兄伯居。伯常耕田，纵平使游学……里中社，平为宰，分肉食甚均。父老曰：‘善，陈孺子之为宰！’平曰：‘嗟乎，使平得宰天下，亦如是肉矣！’”

陈平，阳武县户牖乡（今河南原阳）人。年轻时家中清贫，好读书，家中有田三十亩，与兄长陈伯同住。平日，陈伯在家种地，陈平则出外求学。

某年，陈平所居村落祭祀地神，陈平被推举为社庙的社首，主持祭后余肉分配。因他将祭肉分配得极为均匀，于是，乡人都交口称赞。彼时，陈平说道，若是让我主宰天下江山，我亦会如此公平处之。

于是，刘言史便将陈平引入诗中，表达内心情愫。以为，俗常世道，亦需陈平一般品质高洁、卓尔不群的人才。言下之意，自己如是，亦有良才，无奈被淹没于庸常，未能济世。

刘言史，字不详，唐代诗人，赵州邯郸人。生卒年亦不详，约自

唐玄宗天宝元年（742 年）至宪宗元和八年（813 年）间在世。少尚气节，早年居乡耕读，但不举进士。后来，漫游南北。

虽仕途不济，但唐代名将王武俊好词艺，十分欣赏刘言史，并曾亲自为刘言史请官，诏授枣强令，只是，刘言史辞疾不授。但世人却因此称他为“刘枣强”。

再后来，他得到陇西公李夷简的赏识。时任礼部尚书、襄州大都督的李夷简节度汉南，又举荐刘言史任司功参军。一年后更是表奏为其加爵升职。但谁也没想到，刘言史竟在“诏下之日，不恙而卒”，无声告别。李夷简大恸，却无言。后将刘言史厚葬于万山柳子关。

诗人业孤峭，饿死良已多。
相悲与相笑，累累其奈何。
精异刘言史，诗肠倾珠河。
取次抱置之，飞过东溟波。
可惜大国谣，飘为四夷歌。
常于众中会，颜色两切磋。
今日果成死，葬襄之洛河。
洛岸远相吊，洒泪双滂沱。

那一年，他去世时，诗友孟郊亦是甚为悲痛。于是，便落笔为他作了这一首题为《哭刘言史》的诗，以抒悲怀。晚唐诗人皮日休在刘言史死后多年，为其撰写了长达千余字的碑文——《刘枣强碑》来悼念他。

上

巳

三月三日天气新

农历三月初三。

有高 、祓禊、曲水流觞、会男女、蟠桃会等风俗。

为追念伏羲氏而定。

豫东一带尊称伏羲为“人祖爷”，

在淮阳（伏羲建都地）建起太昊陵古庙，

由农历二月二到三月三为太昊陵庙会，

善男信女，南船北马，云集陵区，朝拜人祖。

亦传说此日是王母娘娘开蟠桃会的日子。

渺如带

心结湘川渚，
目散冲霄外。
清泉吐翠流，
渌醽漂素濑。
悠想眄长川，
轻澜渺如带。

《三月三日》

晋·庾阐

他是心意旷阔、孝善至极的男子。

读《晋书》时，便将庾阐记到了心里。只因他是大孝之人。《晋书》有记：“阐好学，九岁能属文。少随舅孙氏过江。母随兄肇为乐安长史，在项城。永嘉末，为石勒所陷，阐母亦没。阐不栉沐，不婚宦，绝酒肉，垂二十年，乡亲称之。”

总觉得子与母之间的那一种爱，是世间最深重的一种。许是我内心渐渐淡凉，对周身人事的热情愈来愈少，心中惦念、在乎的亦少。却不管何时何地心境怎样转变，对亲人，尤其是对母亲的牵念丝毫未减。

也因着自身的情意所致，读到《晋书》里这一段关于庾阐的记载，便愈发动容起来，其形象也就变得愈发深刻。

庾阐所作的这一首《三月三日》，读来有一种轻缈深阔的感觉。虽是写上巳曲水流觞之妙，却写得颇有灵气。不言具体事宜，只是道这日风光独好。好似桃花源里走出的男子，言词之间颇为清定，实足是魏晋文人的杳渺之风。诗里全然没有节日的热闹之气。

他说，他心系川渚流水之间，目散九霄云外。可见，其心中那一股“寄意无极，游心太玄”之气。然后落笔写上巳节曲水流觞之风俗。但未写任何细节，只是将笔宕开说周身景色，是“清泉吐翠流，渌醽漂素濑”的清媚风光。

有清泉涌地而出，汩汩不绝；又有岸边青草漫溯，映水成碧。放在水中的那些酒杯便漂荡在这清澈激流当中，渐渐远去。诸般美景落在他眼中，即成了视野里的全部。他心性恬淡，好天然妙趣，钟情的便也只是自然山水之间这一点旖旎风光。

所谓“曲水流觞”，是指上巳节这一日的修禊活动中，人们会将盛满酒的酒器或直接放入水中（木质酒杯），或置于荷叶之上再放入水中（陶质酒杯），然后任其漂流，遇到水湾即曲水之处停下来之后，停在谁面前，谁就将酒端起来喝掉。

单单“曲水流觞”已经很美，让人不由得神往旧年风流。写“曲水流觞”，便不得不提王羲之的那一篇《兰亭集序》。写曲水流觞事，此文最是风流。

时为晋穆帝永和九年（353 年）。正是上巳那日，时任会稽内史的王羲之与魏晋名士谢安、孙绰等四十一人聚于兰亭，曲水流觞，饮酒赋诗。后来，王羲之将此次聚会上各家所赋诗作编成一集，并作序一篇，以记述上巳这日的曲水流觞一事，以抒内心情意，此序即是《兰亭集序》。

少年背诵之时，心中就有一种快乐。如今再去吟诵，更是有一种“快然自足，不知老之将至”的欣悦。定然是要去一回的，去见一回“崇山峻岭，茂林修竹，又有清流激湍，映带左右”的人间盛景。

附

王羲之《兰亭集序》

永和九年，岁在癸丑，暮春之初，会于会稽山阴之兰亭，修禊事也。群贤毕至，少长咸集。此地有崇山峻岭，茂林修竹，又有清流激湍，映带左右，引以为流觞曲水。列坐其次，虽无丝竹管弦之盛，一觞一咏，亦足以畅叙幽情。是日也，天朗气清，惠风和畅。仰观宇宙之大，俯察品类之盛，所以游目骋怀，足以极视听之娱，信可乐也。

夫人之相与，俯仰一世，或取诸怀抱，悟言一室之内；或因寄所托，放浪形骸之外。虽趣舍万殊，静躁不同，当其欣于所遇，暂得于己，快然自足，不知老之将至。及其所之既倦，情随事迁，感慨系之矣。向之所欣，俯仰之间，已为陈迹，犹不能不以之兴怀。况修短随化，终期于尽。古人云：“死生亦大矣。”岂不痛哉！

每览昔人兴感之由，若合一契，未尝不临文嗟悼，不能喻之于怀。固知一死生为虚诞，齐彭殇为妄作。后之视今，亦犹今之视昔，悲夫！故列叙时人，录其所述，虽世殊事异，所以兴怀，其致一也。后之览者，亦将有感于斯文。

三月三

三月三日天气新，长安水边多丽人。
态浓意远淑且真，肌理细腻骨肉匀。
绣罗衣裳照暮春，蹙金孔雀银麒麟。
头上何所有？翠微㔩叶垂鬓唇。
背后何所见？珠压腰衱稳称身。
就中云幕椒房亲，赐名大国虢与秦。
紫驼之峰出翠釜，水晶之盘行素鳞。
犀箸厌饫久未下，鸾刀缕切空纷纶。
黄门飞鞚不动尘，御厨丝络送八珍。
箫鼓哀吟感鬼神，宾从杂遝实要津。
后来鞍马何逡巡，当轩下马入锦茵。
杨花雪落覆白蘋，青鸟飞去衔红巾。
炙手可热势绝伦，慎莫近前丞相嗔！

《丽人行》
唐·杜甫

农历三月初三，上巳节。这日，阳光丰足，甚是明媚，甚是清新。长安城的曲江河畔依照习俗，聚集了许多女子来行“祓禊”之事。所谓“祓禊”，主要内容是沐浴去灾，洗濯邪秽。

唐玄宗时期，上巳祓禊一事，已渐渐演变成蕴含丰富的郊游饮宴活动。因开元年间，朝廷曾对京城曲江池进行大规模扩建，且每逢上巳，唐玄宗都会命君臣官民同乐。于是，上巳这一日，曲江池边便会尤为热闹。彼时，每年的“曲江宴会”更是惊动京城的大事件。

如是。这一日，诗人便可见女子成群，佳人们个个都肤若凝脂，吹弹可破，亦都身姿曼妙，齐齐聚在河畔，姿态端静，雅丽清媚，又贞淑自然。真真应了“惊艳”二字，好一幅曲江池边的美人绘。

再看，那女子们身上的绫花绫罗衣裳花色各异，式样琳琅。有金丝绣起的孔雀图案，亦有银丝钩出的麒麟暗纹。如此这般，映衬着暮春风光，真是绝艳的画面。头上、发间、鬓旁的佩饰更是缭乱繁复迷人眼。只见那翡翠质地的匐花叶片一直贴到鬓角边。因为有风，于是女子们又用宝珠压住裙带，很是合身。从背后望去，更是珠光宝气。

到“珠压腰衱稳称身”一句止，都只是单纯描摹上巳丽人出行的窈窕多姿。从“就中云幕椒房亲”一句开始，诗人笔锋渐转，开始揭示作诗意图，写杨贵妃的姐姐虢国夫人和秦国夫人二人，“就中”二字表

明诗人白描众丽人之姿，是为了后面侧重写二位夫人所埋下的伏笔。

从“紫驼”一句至“要津”一句，均是写二位夫人及达官显贵们骄奢淫逸的颓靡作风。吃的是翡翠蒸锅盛上的紫驼峰和水晶盘递上的白鳞鱼，用的是犀牛角做的筷子。纵然如此，山珍海味也已吃腻。只见满座宾客皆是达官贵人，更有笙箫鼓乐相伴，却是音色靡靡。

又说那“后来”之人，光天化日之下，全无规矩，目无礼法。他当轩下马，未经通传便直直入了夫人们的席，百般殷勤，大伤风化。末一句“慎莫近前丞相嗔”是说，见此失德场面，决然不可靠近，若是恼怒了当朝丞相，后果自是不堪设想。

此诗作于唐玄宗天宝十二年（753 年）上巳节。诗并不难懂，旨在鞭挞当朝权贵腐朽的生活作风。彼时，杨贵妃族兄杨国忠因妹富贵，亦升任宰相。所谓“一人得道，鸡犬升天”，当时的杨家气焰熏灼，不可一世，因此目无法纪，作风十分腐朽败坏。

于是，上巳这日，杜甫便借此入题，赋此诗，以泄心中郁积良久的怨愤。他知道，现世已这般不静、不稳、不平好，安泰的国邦、和顺的日子也已变得短暂。不知，来年今日，是否依然有温暖日光照丽人。

转眼，便过了人间三月天。

晚风恬

九曲池头三月三，柳毵毵。
香尘扑马喷金衔，浣春衫。
苦笋鲥鱼乡味美，梦江南。
阊门烟水晚风恬，落归帆。

《梦江南·太平时》
宋·贺铸

是日上巳，农历三月初三。

丽人妙目，他却犯了乡思。

九曲池头是浓密柳荫，一片葱碧。开篇即是好景。“毵”亦念作“三”，“毵毵”即是用来形容柳条细长柔嫩的模样。好一帧春意浓烈的画面！

街市上游人密布，车马不息。人声、车声、马声，交错杂糅。老人、少年、男人、女人，摩肩接踵。倏忽之间，也不知怎的，即弄脏了春衫，惹了一身尘埃。好不热闹！

上巳，在今时已渐成寻常日子。已鲜有人还知其节日含蕴，更无人会袭承古旧风俗，去沐浴，去祈福，去泛水游春。读贺铸这一首《梦江南·太平时》，竟不得不向历史讨欢。依照这词中丽句寻寻索索，探得一点当日的风光，泅离荒芜现世。

在想，若是今时也似往日，每逢上巳，水边有丽人成群，街上游人如织，势必能成就心底另一种情意乾坤，也定然可以多出一条路途来回望自己的生之来路。

上阕写完，贺铸便笔锋一转。从汴京城的繁华直直南下，落笔

江南的烟水红花。且听他说，“苦笋鲥鱼乡味美，梦江南”。“鲥”与“时”同音，“鲥鱼”是南方独有的鱼种，北方的大江大河里是没有的。又是苦笋，又是鲥鱼，单单这两词，便让人深觉江南美味势必令人垂涎。再一句“梦江南”，更写尽了他心底的无限乡思情意。

江南之美尚不如此。

末句写“阊门烟水晚风恬，落归帆”，除却美食，风景更是绝佳。门巷对烟水，犹似大观园里的曲径通幽，曼妙不能言传。晚风恬然，拂面之时，便是佳人露笑之时。远处江水之中，更有归帆点点，余晖落于帆布之上，看着竟能感觉到暖意。不知是否有倦游思归的意味。

句中“阊门”一词便点明词人所写之地是苏州，不是他方。“阊门”即是指古苏州城的西门。上有天堂，下有苏杭。苏杭之美，洵非虚誉。前些时日，得一册书，名为《苏园品韵录》，书中所见虽只是苏州美景一隅，却有一种阅尽人间风情的错觉。

贺铸也写汴京之美，读完全词，却依旧迫切地让人知道他想说江南更好。贺铸曾居汴京谋仕，晚年退居苏州，杜门校书。过着颇有情致的晚年生活，虽是清简，却欢融。

贺铸虽亦有悲壮激昂之作，但总体来说词风哀婉秾丽。再列贺铸词，题为《鹧鸪天·重过阊门万事非》。此词一如所写的《梦江南·太平时》，亦是妙艳。

重过阊门万事非，同来何事不同归？梧桐半死清霜后，头白鸳鸯失伴飞。

原上草，露初晞，旧栖新垅两依依。空床卧听南窗雨，谁复挑灯夜补衣！

也写“阊门”，也写苏州，却又是另一番人情况味。此词写作时间应当早于《梦江南·太平时》，尚未定居苏州。但彼时，他已是鳏夫，爱妻已去。故地重游，不免心里怅然，于是作下这首悼亡词。“原上草，露初晞，旧栖新垅两依依”，让人恍惚之间，便会忆及苏东坡的“十年生死两茫茫”。

情意深切，令人慨然。

所有的诗词都是你们爱过的证据。

寒食

落花半落东流水

寒食节在夏历冬至后一百零五日，清明节前一二日。

有禁烟、冷食、祭祖扫墓、食饧、插柳、

郊游踏青、荡秋千、蹴鞠等风俗。

为纪念春秋时期晋国名臣介子推而立。

晋文公流亡，介子推为他割股充饥。

晋文公归国为君后，分封群臣独忘介子推。

故而介子推隐居绵山。

晋文公愧疚，焚山逼其重归朝野。

介子推树下抱母，焚身而亡，宁死不从。

是以，晋文公下令介子推祭日禁火寒食。

为一人

子推言避世，山火遂焚身。
四海同寒食，千秋为一人。
深冤何用道，峻迹古无邻。
魂魄山河气，风雷御宇神。
光烟榆柳灭，怨曲龙蛇新。
可叹文公霸，平生负此臣。

《寒食》

唐·卢象

这首《寒食》诗意简明，写的即是寒食的源起。

他说，介子推原本以为功成身退，隐居深山也就与世两忘，却不料最后竟在山中被焚而死。因此，四海之内，每逢此日，皆禁火冷食。自古如此的习俗都只为纪念他一人。

所以，诗人又说，如介子推一般的崇高品德，已是无人能比。蒙受冤屈之类的事便相形见绌，不足挂齿。“魂魄山河气，风雷御宇神”更是极尽赞扬之能事，夸赞介子推的精神气若山河，似风雷般已传遍全国。

卢象对介子推似有情结。绵绵深意织入诗中，处处见情。又写“光烟榆柳灭，怨曲龙蛇新”，是说彼时浩荡火光将绵山的榆柳焚烧殆尽之后，人们便不能自已，为介子推写《龙蛇歌》以陈诉他的冤屈。

最后，以“可叹文公霸，平生负此臣”收束全诗，心中愤然与惋惜也于此发力，也是情意浓烈之时的自然喟叹。直言介子推之死正是成就千秋霸业的晋文公的错，是他负了良臣。

历代以来，都以介子推之死为寒食节的来由。介子推与晋文公之间的故事，具体要追溯到春秋时晋国内乱的时年。彼时，晋献公爱宠骊姬，欲废太子申生，改立骊姬之子奚齐为太子。晋献公死后，晋国发生变乱，史称“骊姬之乱”。《史记》卷四十四记此动乱道：“毕万封十一年，晋献公卒，四子争更立，晋乱。”

彼时，晋献公有四子。因晋献公做太子时原配贾姬无子，便继娶二女狐姬和小戎子。狐姬是大戎主的侄女，生子重耳。小戎子，生子夷吾。晋献公继位时，贾姬已薨，于是他继娶齐桓公之女齐姜，并立为夫人，生子申生。因申生是嫡系所出，被立为太子。

晋献公五年（672 年），晋伐骊戎，得骊姬及其妹，二人受到献公宠幸。晋献公十二年（665 年），骊姬生子奚齐。

晋献公死后，宠妃骊姬为立奚齐为太子，将申生迫害致死。重耳与夷吾也被迫逃离晋国，流亡在外。介子推即是随从重耳流亡的五贤之一。公子重耳的这一流亡便是十九年。途中，历经艰险，时常遭受饥寒交迫之苦。一日，有随从偷尽重耳的资粮逃往深山，致使重耳饥不能行。

彼时，介子推心中怜主，便独自去往隐蔽之地，将自己大腿上的肉割下一块，与野菜一齐烹煮成汤，递于重耳进食。食罢，重耳才问其肉从何来。介子推不语，只是斜倚草垛之上，后来，重耳经他人之口才得知，此肉乃是介子推割股之肉，顿时惊动。介子推一碗肉汤，令重耳肝肠寸断，声泪俱下。

是因有如此忠义之臣，他方能成就日后霸业。不料重耳返国后，大赏群臣，唯独遗忘了介子推的割股之恩。介子推是心性恬淡之人，无封无赏在他心中不是大事。于是，他也只是漠然退下，携母亲隐居绵山，不食君禄。

后来，不知是谁，在晋文公的宫墙上写下一首《龙蛇歌》："龙欲上天，五蛇为辅。龙已升云，四蛇各入其宇，一蛇独怨，终不见其所。"那不见其所的"一蛇"正是暗指介子推。见此诗，晋文公顿时羞愧难当，满心深悔。于是，他便亲自去往绵山恭请介子推出山。却不料，介子推未从。

几番交涉失败之后，晋文公无奈，便只能下令放火烧山，逼介子推出来。只见那绵山蜿蜒数十里，重峦叠嶂，谷深林密，火光冲天。只是，大火燃尽，却依然不见人影。入山寻索，竟发现，介子推与母亲抱树焚身而死，并留诗一首寄文公：

割肉奉君尽丹心，但愿主公常清明。

柳下做鬼终不见，强似伴君做谏臣。

倘若主公心有我，忆我之时常自省。

臣在九泉心无愧，勤政清明复清明。

介子推死后，晋文公甚痛。后命人葬介子推于绵山，并改绵山为介山，以警戒自己的过错。将一山岗定为介子推名义上的封地——介公岭，将介子推母子隐居的岩洞改建成介公祠，并立“介庙”于绵山脚下，亦将定阳县改名为介休县。且为了纪念介子推，晋文公下令介子推祭日全国禁火冷食。

也不知，是历史真相，还是文人的牵强附会。终成一段令人喟叹的君臣佳话。

穿桃李

清溪一道穿桃李，
演漾绿蒲涵白芷。
溪上人家凡几家，
落花半落东流水。
蹴踘屡过飞鸟上，
秋千竞出垂杨里。
少年分日作遨游，
不用清明兼上巳。

《寒食城东即事》
唐·王维

是日寒食，他出游城东。

旧时风景真是曼妙，出城往东就有清溪一道。彼时自然风光是无限美好，春花浪漫甚至喧嚣。寒食节正值春盛，于是，四处可见芬芳桃李。那道溪水正穿桃李而过，蜿蜒而去，别是妖娆。又见水中荡漾着碧色蒲草，渐次覆没溪边的连生白芷。

水中亦有浮花，随波而去，向东远流。溪流的岸旁则是零星的人家散落。他行走在路上，入目皆是春盛的景致。如此风光真是让人内心欣悦。这样的时光，这样的景致，一一落在他清浅的心上，无一遗漏。

忽又见，少年们蹴鞠，将球踢得老高，竟似要超越飞鸟。欢声笑语中满是馨香，满是浪漫。又有少女打秋千，从垂杨林中荡出。声似风铃，清脆欲滴。这样的景，真真可以说是“人间欢喜”。多么好！

他深知，那一群少年，不需要逢年，亦无须过节。始终，自有他们愉悦人心的游戏绵延，自有他们不为光阴所限的喜乐时光。也恰是如此，时光本应属于少年们的，是不应被惊扰和打探的。

因路遇之景清雅，路遇之情热烈，于是，他忍不住提笔写下了这首《寒食城东即事》，是为纪念。王维的诗，诗意清阔静妙。即便是欢乐热闹，在他笔下，亦能呈现出一种天然之趣。他是真的功力深厚，十七岁便能作出“每逢佳节倍思亲”这般深入人心的佳句。

此诗颈联写到“蹴踘屡过飞鸟上”，所谓“蹴鞠”，正是寒食节重要的习俗活动。“蹴鞠”是一种近似于足球的运动。事实上，它也正被学者定义为足球运动的源起。至于“蹴鞠”本身的起源，则更是久远。

蹴鞠距今已流传有两千三百多年，它起源于春秋战国时期的齐国故都临淄。《史记》和《战国策》最早记录了蹴鞠运动的情况。

据《战国策·齐策》载，苏秦曾为游说齐国抗秦之时，说到：“临淄甚富而实，其民无不吹竽、鼓瑟、弹琴、击筑、斗鸡、走犬、六博、蹋鞠者。临淄之途，车毂击，人肩摩，连衽成帷，举袂成幕，挥汗成雨，家殷人足，志高气扬。”可见，战国时期，已有蹴鞠运动。

园林过新节，风花乱高阁。
遥闻击鼓声，蹴鞠军中乐。

以上是唐诗人韦应物所作的《寒食后北楼作》。一句“遥闻击鼓声，蹴鞠军中乐”，蹴鞠之乐跃然纸上。蹴鞠中的对抗、激昂、热情高涨，似伴随着助威的击鼓声声，真的浮入眼目当中。好似自己也穿越时光回到了大唐，混迹在军士当中，听擂鼓，观蹴鞠，心中盛满的是唐人的那一份昂烈之情。

只是当时已惘然。属于“蹴鞠”的最好时光已不在，仿似吟念这几句诗的片刻，便见光阴零落、流转、消散。当它成为竞技运动之后，却渐渐失了它最本真的乐趣与光辉，一切的欢愉也不复从前了。

花满枝

二月江南花满枝，
他乡寒食远堪悲。
贫居往往无烟火，
不独明朝为子推。

《寒食》
唐·孟云卿

人间二月。

他身在江南，有幸见得江南之地的似锦花束，盈满枝丫。原本是妙事一桩，但一切欢悦都终于贫困。此时，孟云卿科场失意，流寓荆州一带，生活极为困苦。如是这般，纵是良辰美景也是无法入心。那美，也就生生在他眼中败坏了。

时逢寒食。他身在异乡为客，触景伤情，心中深觉悲凉。每每读到“贫居往往无烟火，不独明朝为子推”二句都心下惘然。他说，寒食临至，家家都熄火随俗，自己却是不用费心。只因家中一贫如洗，原本即无烟火可生，日日都似寒食。这是落魄书生景况凄凉之下的无奈呻吟，亦是攫动人心的自嘲苦笑。

晚唐诗人张友正有一首题为《寒食日献郡守》的诗与孟云卿这首《寒食》意境一致，也是以寒食入题写生活的贫寒潦倒。诗云：

入门堪笑复堪怜，三径苔荒一钓船。
惭愧四邻教断火，不知厨里久无烟。

也是一种孤独清苦的艰难景况。一个家，走进去之后却令人心中五味杂陈。他生怕因家之简陋，令看客都觉得可笑又可怜。院里只见三条小路，青苔遍布，荒芜萧索，角落处是经年不曾下水的旧损钓船，刻满了斑斑的时光印记。

“惭愧四邻教断火，不知厨里久无烟”写的是一种沉实的落寞，是郁郁寡欢的孤凉。面对街坊邻居悉心告之勿忘寒食断火，心里是无法言说的艰涩。因四邻皆不知，家中厨里已是无烟无火许久。

这两句诗与孟云卿所写的“贫居往往无烟火，不独明朝为子推”有异曲同工之妙。两处惆怅，却是一种心思。这二人，也可谓是隔世为知音了。孤身一人独对青灯，清苦至极，连寒食断火的事都被免了去。也可见二人都是安宁世道的落魄文人。

又有，苏东坡著名的《寒食帖》亦以寒食入题，写尽了自己被贬黄州之后的辛酸与落魄，读之令人怃然。

《寒食帖》是苏轼的书法作品，长卷纸本，纵 18.9 厘米，横 34.2 厘米，亦被称作《黄州寒食诗帖》或《黄州寒食帖》。得名于其书法成就甚高，是苏东坡行书的代表作，被称为“天下第三行书”。帖中所赋诗作《寒食雨二首》，亦是字文简净、情意饱满的上品之作。

宋神宗元丰三年（1080 年）二月，时年，苏东坡因“乌台诗案”

受新党排斥，贬谪黄州。此二首诗作于苏东坡来到黄州的第三年。即宋神宗元丰五年（1082 年）。

彼时，苏东坡正处于壮志难酬的郁悒时期，被贬黄州之后生活上亦是穷愁落魄。因凄情难抒，便作此二首诗，寓离乡背井之苦况。那一句“也拟哭途穷，死灰吹不起”，写得最是用力，愤懑之意也至此毕露。

吟在口中，犹见满目苍凉景。

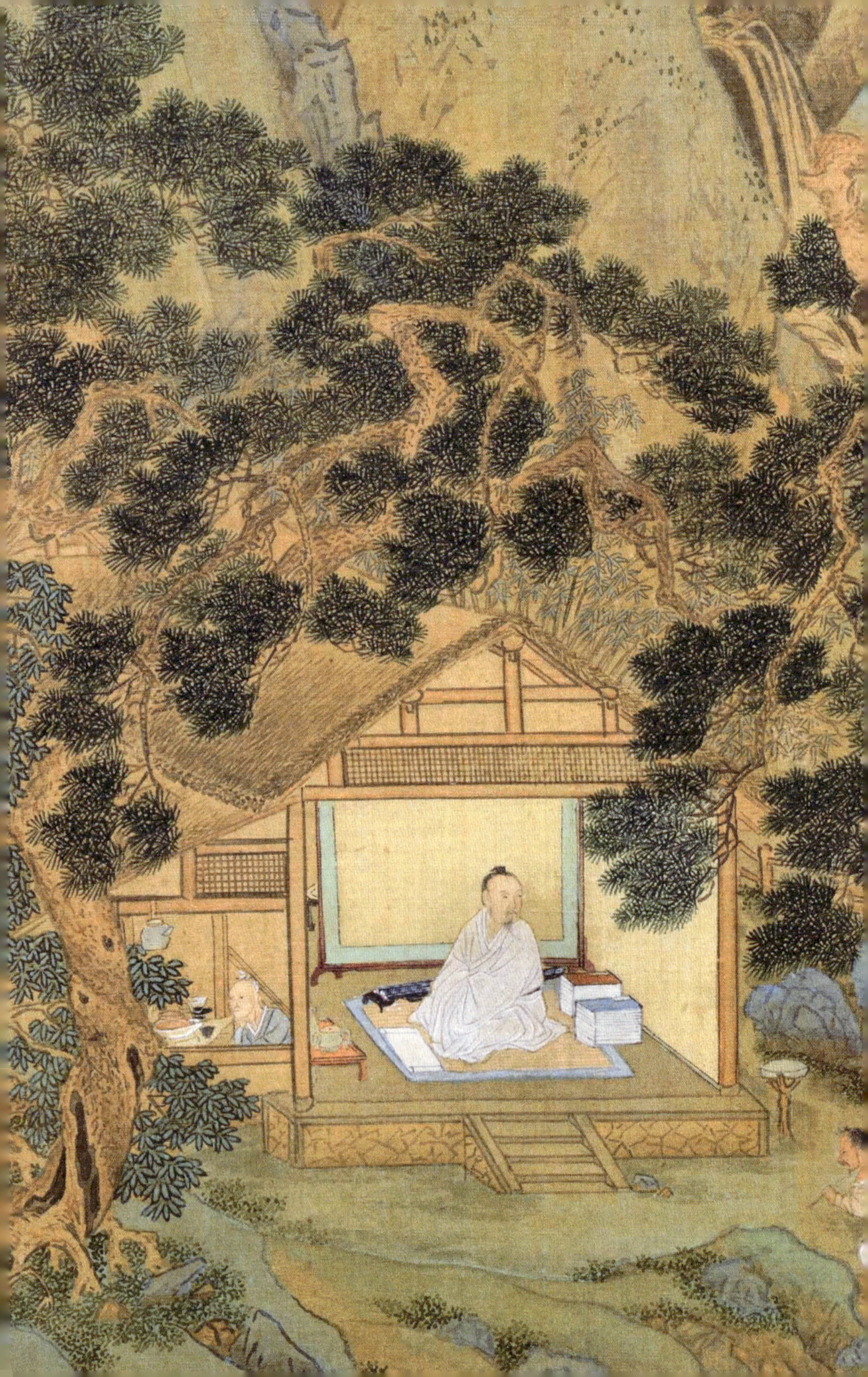

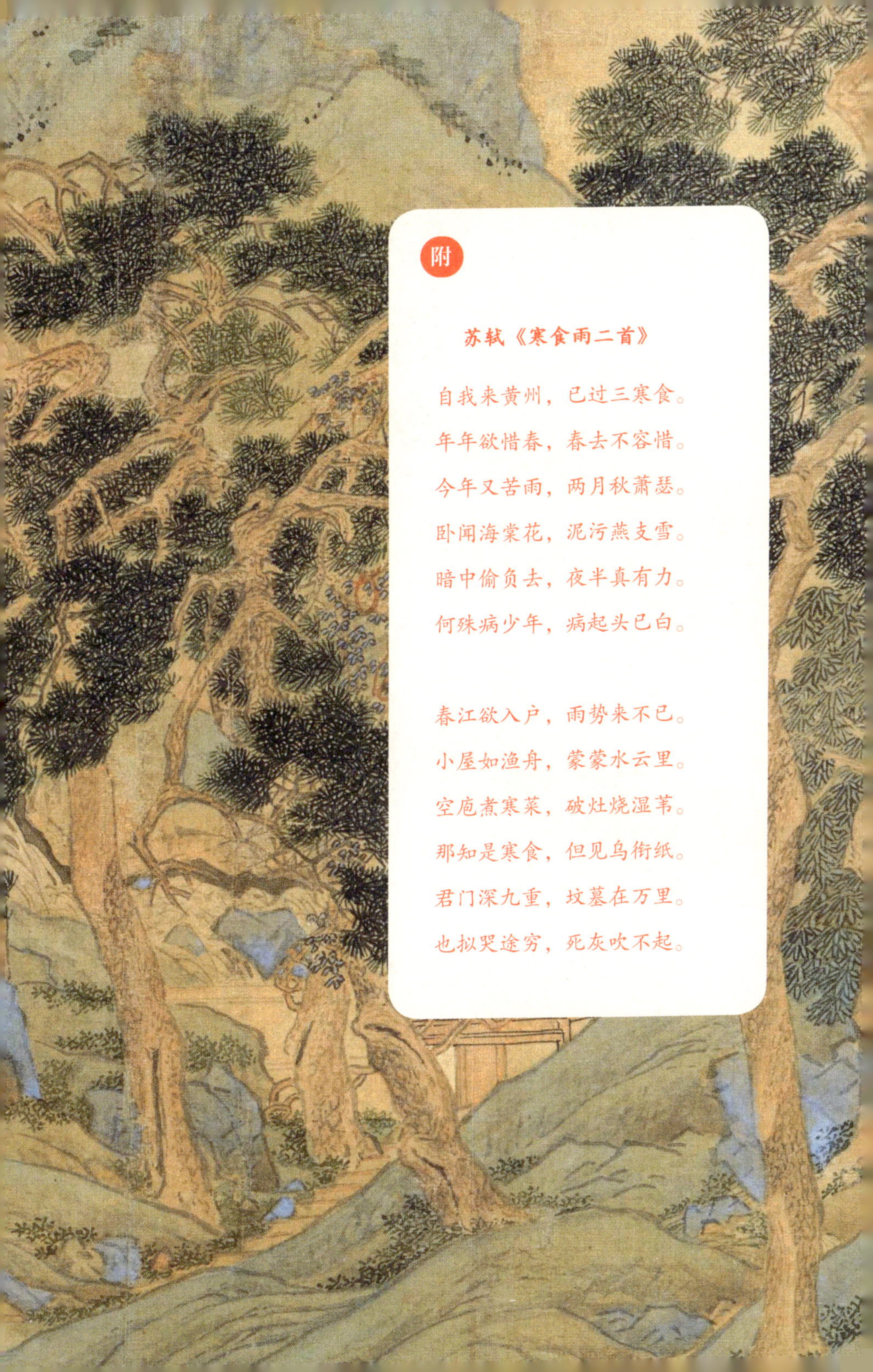

附

苏轼《寒食雨二首》

自我来黄州，已过三寒食。
年年欲惜春，春去不容惜。
今年又苦雨，两月秋萧瑟。
卧闻海棠花，泥污燕支雪。
暗中偷负去，夜半真有力。
何殊病少年，病起头已白。

春江欲入户，雨势来不已。
小屋如渔舟，蒙蒙水云里。
空庖煮寒菜，破灶烧湿苇。
那知是寒食，但见乌衔纸。
君门深九重，坟墓在万里。
也拟哭途穷，死灰吹不起。

空斋冷

雨中禁火空斋冷，
江上流莺独坐听。
把酒看花想诸弟，
杜陵寒食草青青。

《寒食寄京师诸弟》
唐·韦应物

彼时，记忆忽然变得整饬林立，往事如森。他独自陷入其中，心中怅然不安，迎面即是悲伤。不曾预料，寒食这日竟雨水汤汤，空气当中尽是潮湿，尽是伤感。又因他心中有挂念，于是，这无烟无火冷食一日，便愈觉房斋空落，分外地冷。

这年，他只身在外地做官。不想千里之遥，竟如隔天涯海角。窗外江水横绝，水天空茫，只有几处流莺零落在他的视野当中。不觉其美，只觉声悲。流莺声声，不堪愁里独听。

如此，又道“把酒看花想诸弟，杜陵寒食草青青”。他知道，此刻自己可以做的，便也只是饮酒看花，思念故乡的弟兄。不知长安杜陵的草木，今日是否都已碧色青青。

韦应物是重手足的深情之人。世间情意千万，唯独兄弟之情殊胜。男子之间，不牵强，不造作，不艰涩。不似女子心思慎微，稍不留神便会支离。女子之间有太多的顾忌与小心翼翼，不经意之间便生发出芥蒂。男子之间则不一样，一杯酒，便可化尽旧年干戈。继而便可潇潇洒洒携手，心无别意地继续朝前齐走。

于是，经年别离之后，每当诗人回望来路时，心中势必有一条隐蔽的河流会蔓延至旧年一起蹴鞠、饮酒、赏花、舞剑、作诗的弟兄处。因今时不如往日，各自散落在天涯，聚首一次已是不易，所以，那些纯真时光的欢悦也就愈发令人向往。每逢佳节，诗人心中的牵念也就愈加浓烈。

以寒食节入题来写手足之情的诗作不多。除了这首《寒食寄京师诸弟》之外，大约也只有唐末诗人崔道融那首《寒食客中有怀》值得一说。

江上闻莺禁火时，百花开尽柳依依。
故园兄弟别来久，应到清明犹望归。

独坐江中寒食日，也闻莺啼寂寥声。虽是心中孤清，尚可见百花春盛、纤柳依依的繁丽景色，也算是寥落日子里偷来的微薄欢愉。生发诸般低沉靡靡的心绪，也只不过是因为他心里思念家中的兄弟。掐指算算，竟已分别那么久。也不知何日是归期，何日才能再相见。清明在即，也是他最后的归盼了。

南宋诗人范成大也有一首同名诗作：

江郭花开也寂寥，不须绿暗与红凋。
疾风甚雨过寒食，白日青春吟大招。
芳景尚随流水去，故人应作彩云飘。
烟波千里家何在？惟有溪声似晚潮。

此诗写得美，情词华丽却又意蕴空灵。他客居异乡，却举目不见旧年时光，但他又是念家甚深之人。心中时时不曾忘却故乡路，时时都在惦念着家人。那一句“烟波千里家何在”更是写得让人不禁潸然。家中有父母，有姐妹，有弟兄，有他生命中最深重的情意。

再有就是韦应物的另一首《寒食》诗，与以上几首诗也是意蕴近似，都是写羁旅之思。他那首《寒食寄京师诸弟》写挂念弟兄，这首《寒食》一如范成大的《寒食客中有怀》，写思乡意切。

晴明寒食好，春园百卉开。
彩绳拂花去，轻球度阁来。
长歌送落日，缓吹逐残杯。
非关无烛罢，良为羁思催。

韦应物仕宦生涯多在外做地方官，长年不居长安，于是每逢佳节，心中感慨自是倍增。此诗亦是在异乡作成的。只是这日寒食，不似往日落雨，却有丰盛的日光照耀，天气晴明。园中也是群芳百卉斗艳的一片馥郁之象，男人、女人、老人、少年，甚至幼童都会出门寻乐。

一日下来，人渐散尽，酒亦饮至杯残。

乡思一起，便觉四下空旷，心口无言。

秋千索

恻恻轻寒翦翦风，
小梅飘雪杏花红。
夜深斜搭秋千索，
楼阁朦胧烟雨中。

《寒食夜》
唐·韩偓

一夜，读《全唐诗》。读到韩偓的这首题为《想得》（一作再青春）的诗，单凭“想得”二字便让人觉得温柔甜悦。

两重门里玉堂前，寒食花枝月午天。
想得那人垂手立，娇羞不肯上秋千。

其实也是往事了。彼时彼地，他也是孤自凭吊往事时，将她忆起。花媚玉堂，人已不在。寒食这天，他也只是一个人内心寥落地看院中花枝蓬勃蔓延。院中秋千尚在，好似当年的画面就在眼前。她娇羞地立在他身边，迟迟不肯上秋千。也不知是胆怯，还是想听他两句软语缠绵。

如今又有《寒食夜》。他与她之间，一定是有着弥深过往的，只是不知因何缘故，花落两散。今时今日，伊人已不在，只剩秋千萧索，荡在眼下。故而此寒食夜，他心中便愈发寥落。

“恻恻”二字清冷至极，是凄凉的意思。于是，韩偓于开篇便奠定了此诗怀人伤感的基调。“翦翦风”，即是那种丝丝细细的风，掠在身上会有一种细腻的侵蚀感，却还是温柔的。他便是立在这样轻寒的风中，抬头是梨花和月，低头是梅花似雪。再回首，是枝满杏花红。

当年他们相遇相知相爱也欲相守，却抵不过命运的波谲云诡。一转眼，便是佳期不在。淡烟软月映照的是佳人渐行渐远的背影。

今昔不可比。时光远去，终只剩他一人，茕茕于此。伸手抚摸陈旧的秋千索，心里是无限惘然。爱果真伤人，得而复失，倒不如不得。如此，至少可以轻却心头经年不散的惆怅。

往昔不在，温柔消淡。他举目四望，只见那闺阁淹没在雾霭云烟雨幕中。犹似往事，如烟如雨如雾，渐渐模糊。旧欢如梦，大约正是这般凄冷。以“烟雨”作结，令此诗的意境多了一分绮丽，一分冷艳。

一如那一首《想得》，这首《寒食夜》依旧离不得“秋千索”。秋千真是一个充满旧色的浪漫之物。每每听人提及，心中总有慨叹：似是光阴就在秋千的来回荡漾中消散殆尽。

荡秋千一如蹴鞠，亦是寒食节不可缺少的娱乐习俗。秋千之乐亦有悠久的历史。汉武帝时宫中便已盛行秋千荡。唐人高无际在其所撰的《汉武帝后庭秋千赋》一文中说到：“秋千者，千秋也。汉武祈千秋之寿，故后宫多秋千之乐。”

唐宋时，秋千一事则尤是风行。唐代宫廷把荡秋千称为“半仙之戏”，五代时王仁裕在其笔记小说《开元天宝遗事》中说道：“天宝宫中，至寒食节，竞竖秋千，令宫嫔辈戏笑以为宴乐，帝呼为半仙之戏，都中市民因而呼之。”

清代《佩文韵府》引《古今艺术图》云：“北方寒食为秋千戏，以习轻趫。后乃以彩绳悬木立架，士女坐其上推引之。”宋代的《太平御览》和《事物纪原》，以及南北朝时期的《荆楚岁时记》等书也有相似的引载。

又有《金瓶梅词话》中第二十五回开头写到吴月娘、孟玉楼、潘金莲、李瓶儿在园中荡秋千的场景。因是与她们几人相联，于是这秋千事也相应多了好几分媚艳。

红粉面对红粉面，玉酥肩并玉酥肩。
两双玉腕挽复挽，四只金莲颠倒颠。

彼时，几个女子尚是娇艳欲滴，满心皆是金沙银粉的风流与热闹。几个女子似是齐齐堕入尘世里的狐狸小妖，怔怔地寻到一个眉目如风的男子来讨好，以为那欢情欢爱里有无限曼妙。却不知，终究是徒劳。爱到头来是牢骚。

如今，也真的都已经风吹云散了。

向谁言

清明时节出郊原，
寂寂山城柳映门。
水隔淡烟修竹寺，
路经疏雨落花村。
天寒酒薄难成醉，
地迥楼高易断魂。
回首故山千里外，
别离心绪向谁言。

《寒食寄郑起侍郎》
宋·杨徽之

都是被贬官流离的人。一颗信誓旦旦的雄心就这样被生生折灭，只留下无限离苦。“沧桑”即是在这样的事与愿违和颠沛流离当中慢慢将人侵蚀。

此诗题为《寒食寄郑起侍郎》，正是作于杨徽之被贬官之时。郑起与杨徽之二人曾是同僚，却情如手足，极是难得。但要追溯二人缘分，也是有迹可循。二人的命数相似，曾一同被五代后周的宰相范质提拔，入宋之后亦同被宋太祖贬谪在外。

首句中的“清明时节”即有涵盖清明前后时间之意，因清明是在寒食节之后二日，所以此句所言也就包括了寒食节在内。那日，他出郊春游，也是随众而做的事。

只是人一旦心意凄落，纵是满目锦绣也成萧瑟。虽是清明时节，本应车来人往，各自奔忙，此刻却是四下寂静，好不落寞，抬头则见柳映门。如此写来，让人恍觉有一种空城外柳絮纷纷的惨然。

又有“水隔淡烟修竹寺，路经疏雨落花村”，景虽萧条，却有一番江南味道。烟水漫漫，云霭淡淡，也有微雨在落，淋湿了他视野中的草木城池。修竹寺，落花村，都是一派凄清。如此时令，如此风致，被杨徽之一一揉碎，化在墨里书写，竟有了一种冷峭。

颈联二句是即景抒情。是已寒食，天气自是清寒。诗人因被贬官独自在外，心中甚是寥落，本想借酒消愁，却无奈酒薄，醉也不成。“地迥楼高易断魂”一句中“迥”字是的“远”的意思。因是郊外，因在山城。所以，地广、人少、楼高、气渺。

一切景语皆情语。此刻，低靡心意再与周身萧索的景致相映，便使他愈加哀伤起来。待他登上高处望去，更是见天地之间一片苍茫，家也隔绝在千里之外。心中别离的愁绪在这孤荒之地，也不知还可向谁言说。

诗里写到“柳映门”。柳何以映门？只因自寒食这日开始，家家门前插柳。以驱鬼辟邪，图个吉利，讨个平安。寒食与清明，自古即有在门前与车马之上插柳、墓地里植柳、头上戴柳的习俗。

中国自古便有“三大鬼节”之说。“三大鬼节”指的即是清明节、七月半和十月朔。人常惧鬼，又因自古即有“鬼怖木”一说，且国人素爱柳，观音亦以柳枝沾水济度众生。所以，时日长久之后，国人便形成了柳可驱鬼辟邪的观念。

北魏贾思勰在《齐民要术》里也说：“取柳枝著户上，百鬼不入家。”另外，柳条发芽正是在清明时节，这也是促成国人形成柳可驱鬼辟邪观念的一个因素。墓地植柳则是上古时便有的悠久旧俗。《春秋纬》中即有“庶人无坟，树以杨柳”的句子。宋代张端义也有《倦寻芳》一词，提到插柳一事：

晓听社雨，犹带馀寒，尚侵襟袖。插柳千门，相近禁烟时候。鬓坠搔头深旧恨，臂宽条脱添新瘦。卷重帘，看双飞燕羽，舞庭花昼。

谁共语、春来怕酒。一段情怀，灯暗更后。罨画屏山，今夜梦魂还又。愁墨题笺鱼浪远，粉香染泪鲛绡透。待相逢，想鸳衾、凤帏依旧。

同时，寒食、清明为了踏青迎春，象征吉利，亦有男女戴柳的习俗。人们把结成球状的柳枝或柳叶戴于头上，民谚曰：“清明不戴柳，红颜成皓首。”鬓插青柳，寓意吉祥，且绿意盎然，充满生气。

已寒灰

绵山恨骨已寒灰，
尽禁厨烟肯更回？
老病不禁馊食冷，
杏花饧粥汤将来！

《寒食前一日行部过牛首山七首（选一）》

宋·杨万里

彼时，杨万里任江东转运副使，受命去往各地巡视。这一组诗即作于巡视途中。时逢寒食，有感而发。杨万里与大诗人陆游齐名，亦是“中兴四大诗人”之一。他的作品“俚辞谚语，冲口而来”，简单上口，纯朴自然。

似是乡野间赤足拔禾的农家小女子，简真净爽，清淡若细雨微风。没有旧时文人清高造作的通病。这一组诗，以及那一首家喻户晓的名作《小池》皆是佐证。

泉眼无声惜细流，树阴照水爱晴柔。
小荷才露尖尖角，早有蜻蜓立上头。

《寒食前一日行部过牛首山》是组诗，共七首。杨万里眼中的寒食不似落魄文人孟云卿、杨徽之眼中那般凄冷哀怨，也不似韦应物、韩偓眼中那般情深绵绵。他只是写一些触目可见的春景微情，生活细物：岭花，涧草，蚱蜢，蜻蜓，漂絮，杏花饧粥，纸钱，捣蓝，桑黄，麦绿，枫青。

真是琳琅满目。让人恍然从诗里看到一幅寒食风物图，图中花木草树绝色倾城。

篇首单列七首诗里的第三首，是因想要在此一并说的便是“杏花饧粥汤将来”中的“饧”。饧，与“形”同音。多音字，亦可念作“糖”，此时同“糖”。念作“形”时，即指糖稀。寒食节，有“食饧”的传统。正如杨万里此诗当中所写“杏花饧粥汤将来”。

古人食饧的习俗亦是历史悠久。南朝宗懔的《荆楚岁时记》便有记载：“（寒食）禁火三日，造饧大麦粥。”所谓食饧，即是做饧糖，后煮大麦粥，再将饧糖浇上，食用。

饧，在中医里也是一剂良药，又被称作饴糖、胶饴、软糖、饧糖。有补脾精、化胃气、生津、养血、缓里急、止腹痛之用。《内经》《本草纲目》《本草经疏》《本经疏证》等文献资料均有相关记载。如《内经》中便记载：“脾欲缓，急食甘以缓之。胶饴、大枣、甘草之甘以缓中也。”

所以，杨万里才说，“老病不禁馊食冷，杏花饧粥汤将来”。虽然是寒食节，但是他身体虚弱，亦有微疾，所以不敢擅自食用隔夜的冷食。倒是将杏花饧粥烫热之后拿来食用比较稳妥。“汤”在此句中意为“烫”，可理解为“加热”之类的意思。

寒食食饧，也是养生一道。甚好。

附

杨万里《寒食前一日行部过牛首山》

其一

岭花袍紫不知名，涧草茸青取次生。
便是常州草虫本，只无蚱蜢与蜻蜓。

其二

头上高垂碧玉盆，谁将漂絮尚残痕。
青天幸自秋江样，须若三丝两缕云。

其三

绵山恨骨已寒灰，尽禁厨烟肯更回？
老病不禁馊食冷，杏花饧粥汤将来！

其四

出了长干过了桥，纸钱风裹树萧骚。
若无六代英雄骨，牛首诸山肯尔高？

其五

单车一节又行春，敢为观风惜病身。
只是担头无榲子，枉教唤作踏青人。

其六

捣蓝作雨两宵倾，生怕难干急放晴。
一路东皇新晒染，桑黄麦绿小枫青。

其七

一春今岁雨中和，信道韶华定较多。
二月半头花已尽，脱空日月退还他。

清明

清明无客不思家

清明一般为公历四月四日或四月五日。
有祭祀扫墓、清明新火、踏青郊游、荡秋千、蹴鞠、放风筝等风俗。
《淮南子·天文训》云：“春分后十五日，斗指乙，则清明风至。”
本是二十四节气之第五节气，后发展成为中国一个重要的传统节日。

似昔年

蚤是伤春梦雨天，
可堪芳草更芊芊。
内官初赐清明火，
上相闲分白打钱。
紫陌乱嘶红叱拨，
绿杨高映画秋千。
游人记得承平事，
暗喜风光似昔年。

《长安清明》
唐·韦庄

都已成过去了。

往事不再。

他再次来到动乱之后满目疮痍的故地，心里是言之不尽的感伤。那是一种落难之后的内心空虚，在繁复往事记忆的映衬之下，更露出一种怯，愈发显得寥落，显得窘迫，却又毫无办法。

这一年清明，竟然连着下了几天雨，纷纷扰扰的皆是惆怅。却无奈草木无情，兀自生长得旺盛葱茏，犹似昔年。重游故地，匆匆碧色映入眼中，却令他觉得刺目难忍。风光似是旧日模样，但他心知，一切都已回不去，再也回不去了。

他尚记得太平时期的那些温盛之事。那些时光历历在目，依旧那样昌盛。无奈彼时的纷繁记忆竟成疾成患，无一不衬托出他心中的落寞。物是人非事事休，欲语泪先流。

想当年，清明日，朝中大臣们会围聚在一起，蹴鞠为乐，胜者更是可以得到朝廷所赐的新火。“内官初赐清明火，上相闲分白打钱”二句中的“白打”一词说的便是蹴鞠。“白打”是蹴鞠的一种形式。两人对踢为“白打”，三人角踢为“官场”。

民间也是百乐百盛。红叱拨马奔驰咆哮在京郊，绿杨青青映碧霄，又有秋千在活泼地荡漾。蓝天晴空之下，一派美好光景。

颈联"紫陌乱嘶红叱拨"一句中的"红叱拨"是汗血宝马的一种。唐天宝年间（742~756年），大宛进贡的六匹汗血宝马当中即有"红叱拨"一匹。另五匹分别是紫叱拨、青叱拨、黄叱拨、丁香叱拨和桃花叱拨。"叱拨"一词常见于唐诗当中。大诗人岑参便有诗《玉门关盖将军歌》云：

枥上昂昂皆骏驹，桃花叱拨价最殊。
骑将猎向城南隅，腊日射杀千年狐。

韦庄这一首《长安清明》作于唐末黄巢、李克用动乱之后。彼时，诗人重返长安，重游故地。见熟稔风土，心中自然生出一种世事沧桑之感。旧年记忆尚绵绵茂盛，现实却已是不复当年昌盛。人走茶凉的凄清，也就是这样了。

清明改新火，一如寒食禁烟熄火一般，也是历史悠久的传统民俗。二者之间也似是有一种相辅相成、互为因果的关联。一说寒食禁火起源于改火之制，又有说，清明新火之风是因寒食禁烟灭火方才诞生。

早在《周礼》当中即有关于“四时变新火”的记载。《周礼·夏官司马·司爟》云:“司爟掌行火之政令,四时变国火,以救时疾。季春出火,民咸从之;季秋内火,民亦如之。”四时改火钻燧用木都有不同要求:春用榆柳,夏取枣杏,秋用桑柞,冬取槐檀。

古人生火是一件很不容易的事。通常也就是两种方式,钻木取火,即用二木相摩擦生火,所取之火称为国火;或是用金燧取火,即用金属为镜,凹其面向日照光取火,所取之火称为明火。因此,家家都需要保留火种以备不时之需。

也正因如此,清明改新火在古代是十分庄重严肃的事情。如是,才有了韦庄这一首《长安清明》中所说的“内官初赐清明火”。

世间人,生生不息。其根由亦不过只是彼此承继之间,保住了人世的那一点火光不寂不灭。如此,这人世间,方才得以百世千世万世的恒转不止。

自生愁

佳节清明桃李笑，
野田荒垅自生愁。
雷惊天地龙蛇蛰，
雨足郊原草木柔。
人乞祭馀骄妾妇，
士甘焚死不公侯。
贤愚千载知谁是，
满眼蓬蒿共一丘。

《清明》

宋·黄庭坚

清明时节是人间四月天。

彼时，正是桃李芳菲的时候。于是，他写到“佳节清明桃李笑”，桃李在笑，也真是春景明媚耀人心。却因是清明，人人思故人，于是心中皆有哀念。转眼再看，明艳风景都沦为背景，直直凸至眼目之下的，是野田荒垄的萧愁凄凉。

颔联二句是放眼天地尘世，写清明时节万物生命的葱茏迹象。清明正是春盛时节，也是雷雨不断、万物复苏之时。“雷惊天地龙蛇蛰”，即写那春雷声声响，惊醒了蛰伏的龙蛇虫兽，一派万物春醒的昌盛模样。“雨足郊原草木柔”，即是写丰沛的雨水，滋养郊原草木，润物无声。

从颈联二句开始，诗人便虚实交织，用典叙事，将视线从现实的春景收束凝结内化成思，写出内心深处真正要表达的意蕴。

这尘世间，人性杂冗。有齐人乞讨祭品果腹，却还回家向妻妾炫耀说自己酒足饭饱；也有介子推焚身而死不慕权贵。无奈这世道已是贤愚不分，最后都一并长眠地下，埋于荒草孤坟，归于尘土。

颈联当中引了两个典故。一是世人皆知的介子推焚身而死的故事，还有便是《孟子》当中所写到的《齐人一妻一妾》的故事。

话说齐国有一人与一妻一妾共同生活。丈夫每次外出而归，总言酒足饭饱。妻子问与谁人共食，丈夫便答都是有钱有权之人。妻子听后对妾室说，丈夫总说与达官贵人一起共食，却未曾见谁来过家中，要悄悄跟去看是何地何人。

次日清早，妻子便尾随其夫，然而沿途始终未见丈夫停下与人交谈，直至丈夫走出城外，去到一片坟地中。没有想到的是，丈夫每日竟来坟地向扫墓之人乞讨残羹果腹。妻子回家便对妾室说，她们指望依靠一生之人，本来面目竟是如此。二人抱在一起，痛哭大骂。

黄庭坚《清明》这首诗作于北宋末年的“元祐党争”时期。因王安石变法时，强力推行新政措施，从而形成了支持王安石变法的“新派”和反对新政的“旧派”。旧派也被称为“元祐党人”，其中包括大文豪苏轼、司马光等人。黄庭坚因与苏轼交好，也略受牵连。

此诗颈尾二联“人乞祭馀骄妾妇，士甘焚死不公侯。贤愚千载知谁是，满眼蓬蒿共一丘”，针对时政自是有所寓意。

“人乞祭馀骄妾妇”指的即不顾人意强推新政的“新党”。“士甘焚死不公侯”则是对受“新党”迫害却操守不改的苏轼等人的赞美。谁人为贤，谁人是愚，在这首诗里也是各有所指。

黄庭坚这首诗用典浑然，意境自由，思绪跳脱，但颇有深意。不似寻常清明入题的诗作那般哀怨缱绻，只是利落地放开心怀，陈述眼中或明媚或淡凉的景，交织着隐痛哀愁的寓意。

整首诗最让人心悦的依旧是“佳节清明桃李笑，野田荒垄自生愁”二句。“荒垄”二字最得我心。总觉得，古人扫墓之时，荒垄之上会有一种清烟缭绕的凄惶，却又着实有一种凉薄之美。

自己只身在外，已是多年未曾在清明时节及时地尽孝扫墓。扫墓原本是寒食节的习俗，清明本只是二十四节气之一，因与寒食节靠得近，清明节的习俗大多也都是沿袭寒食节而来。南宋诗人高翥有一首《清明日对酒》诗将古人扫墓之时的那一种哀凉写得深入人心。

南北山头多墓田，清明祭扫各纷然。
纸灰飞作白蝴蝶，泪血染成红杜鹃。
日落狐狸眠冢上，夜归儿女笑灯前。
人生有酒须当醉，一滴何曾到九泉。

附

《孟子》名篇《齐人一妻一妾》

齐人有一妻一妾而处室者，其良人出，则必餍酒肉而后反。其妻问所与饮食者，则尽富贵也。其妻告其妾曰：“良人出，则必餍酒肉而后反；问其与饮食者，尽富贵也，而未尝有显者来，吾将瞷良人之所之也。”

蚤起，施从良人之所之，遍国中无与立谈者。卒之东郭墦间，之祭者，乞其余；不足，又顾而之他。此其为餍足之道也。

其妻归，告其妾，曰：“良人者，所仰望而终身也，今若此！”与其妾讪其良人，而相泣于中庭；而良人未之知也，施施从外来，骄其妻妾。

由君子观之，则人之所以求富贵利达者，其妻妾不羞也，而不相泣者，几希矣。

明為
日章畫

纸鸢鸣

洒洒沾巾雨，披披侧帽风。
花燃山色里，柳卧水声中。
石马立当道，纸鸢鸣半空。
墦间人散后，乌鸟正西东。

《清明日狸渡道中》
宋·范成大

也是过客的心情，过客的眼界。

所见非亲，却终是有一种练丽。

清明时节总是湿润。这一日，天空亦有微雨微风交织。游人们清明踏青，雨中游乐。衣裳被打湿，帽亦被吹斜，却依然笑声爽朗，欢快自在。青山绿野当中，有红花似火，开得繁盛。绿柳横卧于碧水之上，更是婉丽多姿。

“石马立当道，纸鸢鸣半空”二句写得最妙。几遍读下来之后，似身临其境，犹见当时景。路上有形状似马的石头耸立，空中则是纸鸢漫天，好似鸣声不止。范成大只是随意一笔便将它们活化，殊不知，石马、纸鸢也真在此诗里活了起来，甚是生动。

景是好景，只是情却是伤情。纵有年轻人游春踏青，但山中坟前依然是纸钱森森，簌簌在扬。“墦间人散后，乌鸟正西东”两句中的“墦”是坟墓的意思。此二句是说，扫墓结束之后，人们纷纷散去，天上乌鸦也东西飞离。别是一番孤清。

此诗是范成大旅途中所作。清明不同于其他传统节日。只有它本是二十四节气之一，亦只有它是哀欢交织的节日。

此诗所写的清明人情事物当中，最惹眼的大约便是“纸鸢”一物。纸鸢即是风筝。古时的风筝虽多为燕形，但最早期的形状则是鹰。因风筝通常都是纸做的，所以便称风筝为“纸鸢”。“鸢”，即是一种鹰类猛禽。也有人称风筝为“鹞子”，或者“纸鹞”。

据载，风筝大约诞生于战国。彼时，风筝为木制，被称为“木鸢”。《韩非子·外储说·左上》有相关记载：

墨子为木鸢，三年而成，蜚一日而败。弟子曰：

“先生之巧，至能使木鸢飞。”墨子曰：“吾不如为车輗者巧也，用咫尺之木，不费一朝之事，而引三十石之任，致远力多，久于岁数。”

后来风筝一物世代相传，制作手法上也渐次改进。用料从或木制或竹制改为或纸制或绢制，形状也开始多样，式样也越来越小。其功用也由最初当作战争的侦察工具变为人们的游戏之物和民间工艺风采的一种展示。其所蕴含的文化分量亦是愈加厚重起来。

国人素来喜爱风筝。古时，上至皇帝和王公贵戚，下至平民百姓，无论男女，无论老少，皆好嬉玩。清人潘荣陛编撰的《帝京岁时纪胜》当中有“三月”条目记载：“清明扫墓，倾城男女，纷出四郊，

提酌挈盒，轮毂相望。各携纸鸢线轴。祭扫毕，即于坟前施放较胜。”

明清时期，风筝最为风靡。彼时，南北方的风筝无论用料、题材，还是在绘制手法方面都得到了空前的发展。清人李斗所著的十八卷笔记集《扬州画舫录》中有如下记载：

风筝盛于清明，其声在弓，其力在尾。大者方丈，尾长有至二三丈者。式多长方，呼为“板门”。馀以螃蟹、蜈蚣、蝴蝶、蜻蜓、“福”字、“寿”字为多。次之陈妙常、僧尼会、老驮少、楚霸王及欢天喜地、天下太平之属，巧极人工。晚或系灯于尾，多至连三连五。

自然，风情最盛的风筝依然是《红楼梦》中的风筝。那些风筝的名词在曹雪芹的笔下犹似一朵一朵娇艳欲滴的花。琳琅满目，惹人喜爱不已。大蝴蝶、大凤凰、大鱼、大螃蟹、大雁、大蝙蝠、美人，最妙的还是探春的那一首诗。

阶下儿童仰面时，清明妆点最堪宜。
游丝一断浑无力，莫向东风怨别离。

字字句句是寄语。写那风筝之洒然，诉己内心之通透。风筝断线，那便去吧，莫回首，莫徘徊，莫不舍，莫留恋。人世聚散亦是如

此，有缘聚，无缘散。世事错落，都是寻常。心如纸鸢，身如春燕，所有往事都在身后，化云化烟，不作纪念。

映落花

新烟着柳禁垣斜，
杏酪分香俗共夸。
白下有山皆绕郭，
清明无客不思家。
卞侯墓下迷芳草，
卢女门前映落花。
喜得故人同待诏，
拟沽春酒醉京华。

《清明呈馆中诸公》

明·高启

清明时，家家开始生新火。烟火之气映衬着禁垣垂柳，真正是烟笼翠柳的妖娆。也正因是清明时节，官人们便煮粳米及麦为酪，捣碎杏仁作粥，制成醴酪。宫女们也分香过节，很是热闹。

醴酪是一种以麦芽糖调制的杏仁麦粥。直到隋唐时，一直都是寒食与清明时节的主食之一。《荆楚岁时记》记载："去冬节一百五日，即有疾风甚雨，谓之寒食。禁火三日，造饧大麦粥。"饧大麦粥即是醴酪。《邺中记》也有"寒食三日作醴酪"的说法。

南京城也是个好地方。清明暖春时节，城下便是青山碧水环绕，好景美不胜收。只是即便如此，他心中依然会念家。清明时节，独居在外，思家之情则更甚。这也是无能为力的事。

无论人在天涯还是海角，奔波流离得再久，心中都始终会有一个牵挂。人性当中即有类似于跪乳反哺的情怀。家对于任何人来说，都是生命的根宗，也是往生之后的魂归之所，唯一的归宿。

想来也是无法给亡故的亲人上坟扫墓。念及那些已寂灭多年的旧人旧事，心中难免惆怅。于是，心生感慨道："卞侯墓下迷芳草，卢女门前映落花。"

卞壶是东晋时期的名将。累事三朝，两度为尚书令。谢世后，赠侍中、骠骑将军，开府仪同三司，谥曰“忠贞”。卞壶为国捐躯之后，两个儿子眕、盱，也先后殉国。世人皆深为卞壶三父子的事迹而感动。有人赞道：“父死于君，子死于父，忠孝之道，萃于一门。”

甚至，连百世之后的明成祖朱棣也曾赋诗称赞卞壶父子：“父将一死报君恩，二子临戎忍自存。慨慷相随同日尽，千古忠孝表清门。”卞

壶的忠贞之名也渐渐流传开来，为人称道。

卢女即是指莫愁女。南京有莫愁湖，相传即是纪念莫愁女而命此名。莫愁女的事迹也不过“忠贞”二字，只是她忠于爱贞于情，不似卞壶枭烈的男人心那般豪气，却也是另一番美。莫愁女因为貌美倾城，被皇帝看中，但最终她不畏权贵，投湖自尽保住了自己爱之贞洁。

高启这两句诗即是说，即便忠如卞壶，贞似莫愁，面对生命死亡，也皆是默然。人生在世，如意不如意到头来也都是化作一抔黄土，终究也不过是睡进一座孤伶的坟茔。任芳草萋萋，落花靡靡。

落笔至此，心意也明透起来，于是末尾二句一笔宕开，写到眼下的欢喜事，还原了此诗初始二句给人的那一种光景明媚的欣悦之感。

当人心意畅悦之时，所作诗文也会较之落寞时更加明媚、艳柔，更加温馨、舒展。高启作这一首《清明呈馆中诸公》诗时，正是仕途得意之时，所以整首诗总体来说有一种欢愉之气。

端午

曲终人散空愁暮

农历五月初五是端午节。
端午节又被称为端阳节、午日节、五月节、五日节、
艾节、端五、重午、午日、夏节等。
有吃粽子、赛龙舟、悬艾草、菖蒲、榕枝、悬钟馗像、
系百索、饮雄黄酒、戴香包、采杂药、沐兰汤、斗草等风俗。
一般认为，端午节与纪念屈原有关。
又有端午节源于“迎涛神”一说，
东汉邯郸淳的《曹娥碑》云：“五月五日，
时迎伍君逆涛而上，为水所淹。”
再有五月乃毒月，五日乃恶日，是日五毒尽出，
端午一节即因驱邪禳灾而生。

浣春纱

西施谩道浣春纱，
碧玉今时斗丽华。
眉黛夺将萱草色，
红裙妒杀石榴花。
新歌一曲令人艳，
醉舞双眸敛鬟斜。
谁道五丝能续命，
却令今日死君家。

《五日观妓》

唐·万楚

旧时节日，总是隆重。端午亦是。这年端午，有乐姬表演歌舞以庆祝节日。而他，便是那最深情的看客。关于万楚其人，史料当中难觅其痕迹，猜想他是个风流旷放的男子。

“西施谩道浣春纱，碧玉今时斗丽华”，初初两句即告之世人，眼下女子之美。是美艳不可方物，是美色倾城无人可及，就连浣纱的西施亦不能比。虽是身份卑微的歌姬，但与丽华美人相较，也是容姿不输分毫。

最动人的即是接下来的“眉黛夺将萱草色，红裙妒杀石榴花”两句，真是倾倒人心的模样。说那美人的眉似青黛，是夺了萱草的碧色而成；又说那红裙之艳，连石榴花也自愧不如。写得活色生香，有一种不可抵抗的魅惑。

再写美人的歌舞，也令他心襟摇荡。一曲新歌婉转袅娜，唱得他心潮澎湃，热血激昂。一时醉舞，一时回眸，一时又拢发含羞，美得让他看痴了。也是刹那放开一颗心，说了句“谁道五丝能续命，却令今日死君家”。是谁说，端午腕系五色丝便可续命长寿，但今日我怕是要醉死在这“牡丹花下了”。

万楚的这一首诗读下来，之初觉得香艳有余，清静不足。字字皆裹挟着一种轻佻如痴的浓情，令人瞠然。但也有一种好，即是旷放自然的心意流露。不假装，不做作，他就是甘愿沉迷于歌姬的美色，也是一种洒脱。

诗的最后潦草一笔带过的“五丝”一词，于我而言，却又实在是一个不得不注目的词语。端午节之于我印象最深的，便是童年少年时期的端午，母亲让我系于手腕、戴于项颈的那五色丝线。

因为，端午是五月初五。五月自古即被为毒月，五日亦是恶日。所以，端午这日，古人即认为是五毒尽出的日子。因此需要采取一些措施以求平安，禳解灾异。系五色丝便是其中的一个法子。

所谓系五色丝，即用五色丝线结而成索，或悬于门首，或戴小儿项颈，或系小儿手臂，或挂于床帐、摇篮等处。古书当中对此风俗亦多有记载。

东汉应劭在《风俗通义》中记载：“五月五日，赐五色续命丝，俗说以益人命。”南北朝宗懔的《荆楚岁时记》中记载：“以五彩丝系臂，名曰辟兵，令人不病瘟。”清人顾禄的《清嘉录·五月·长寿线》中也有记载：“结五色丝为索，系小儿之臂，男左、女右，谓之长寿线。”

幼年时光，已相去甚远。回忆如同海上烟花，转瞬溜走。但多年下来，却依然有一些生活细节会在沉淀之后烙印于心。或者，所谓铭刻，即是这一种不经意间见于微处的记得。可是，那年系过的端午线，如今又被我们丢在了哪里？

空愁暮

沅江五月平堤流，邑人相将浮彩舟。
灵均何年歌已矣，哀谣振楫从此起。
扬桴击节雷阗阗，乱流齐进声轰然。
蛟龙得雨鬐鬣动，螮蝀饮河形影联。
刺史临流褰翠帏，揭竿命爵分雄雌。
先鸣馀勇争鼓舞，未至衔枚颜色沮。
百胜本自有前期，一飞由来无定所。
风俗如狂重此时，纵观云委江之湄。
彩旗夹岸照蛟室，罗袜凌波呈水嬉。
曲终人散空愁暮，招屈亭前水东注。

《竞渡曲》
唐 · 刘禹锡

端午节因意寓禳灾，于是便无端多了一份辟邪的“火气”。这“火气”是由人心所发，因此端午这日人们所行之事便都似有一种盛烈的气息。比起元日、中秋、除夕的热闹欢腾，来得更为隆重缤纷。

刘禹锡的这一首《竞渡曲》，即为端午节最盛大的龙舟竞渡一事而写，读起来爽利酣畅。整首诗的意境，犹似某年酷夏，见他于市井之地，甩开衣袖，昂首饮下一杯烈酒。

沅江是刘禹锡当年被贬朗州司马所在之地，也可据此推测此诗作于他被贬之时。但他却是心意净透，豁然自得，诗中只现欢娱之气，全无仕途失意的落寞。

五月沅江水势高涨，正是龙舟竞渡的好时节。那些壮年男子为一展雄姿，个个都如生猛之虎，蓄势待发。想在这一场骨子里尚蕴含一种和合之意的竞技当中，以自己的方式来驱邪、来庆贺。

竞渡之事起源甚早。或有人以为起源于越王勾践当年暗中操练水军以采取的竞赛；或有人以为如节日来由一样，为纪念屈原而有。时至今日，大多数人都认为端午节龙舟竞渡，不为别事，只为屈原。

北宋郭茂倩编《乐府诗集》卷九十四转引《荆楚岁时记》说：“旧

传屈原死于汨罗，时人伤之，竞以舟楫拯焉，因以成俗。”宋词人黄裳便有《减字木兰花·竞渡》一词，写竞渡夺标一事，很是生动。

红旗高举，飞出深深杨柳渚。
鼓击春雷，直破烟波远远回。
欢声震地，惊退万人争战气。
金碧楼西，衔得锦标第一归。

刘禹锡则在诗里开篇即写“灵均何年歌已矣，哀谣振楫从此起”，一语道出竞渡之风的由来。虽当年桨声欢歌已不在，但哀谣振楫之事却得以保存下来，绵延至今，也是一桩好事。如此，他才有机会得见沅江水上的这一场壮气豪天的盛事。

此诗从“杨桴”一句至最后，皆是写赛龙舟一事的欢腾热闹，十分出彩。最喜欢末尾二句“曲终人散空愁暮，招屈亭前水东注”。事事皆有终：热闹过后，人便散尽，一切欢喜繁华皆有头，都将归于寂静，归于寻常。唯有那招屈亭前的流水，经年不改，一如既往地东流而去。

招屈亭，位于湖南溆浦县城南。相传，当年屈原被流放经过溆浦时住在茅坪坳，于是后人为了纪念屈原，便在此刻了一座“屈原故庐”的石碑，并建了招屈亭。这里也是当年楚汉相争之时，义帝被杀，人们缟素痛哭义帝的地方。

义帝，即是楚义帝，名熊心，是战国时期楚怀王熊槐的孙子。秦二世二年（前208年），熊心被楚地反秦义军首领，也就是项羽的叔父项梁等人拥立为王，号“楚怀王”。项羽灭秦之后，尊楚怀王为义帝。但也是在这一年四月，项羽野心膨胀，自立为西楚霸王，分封十八诸侯王。三年后，项羽又派人暗杀了义帝。

楚人听闻义帝被杀，集体缟素为义帝痛哭。当时聚集祭奠义帝之处正是招屈亭。唐诗人汪遵有一首针对此事赞美屈原批判项羽的七言怀古诗，亦题为《招屈亭》：

三闾溺处杀怀王，感得荆人尽缟裳。
招屈亭边两重恨，远天秋色暮苍苍。

未曾去过湖南溆浦，也不知招屈亭今日模样。但总想，即便落满时光印痕，只要尚未尘埃积满，偶尔有人路过之时能够知道，它是与屈原有关，也算是有一份卑微之圆满。

纱窗梦

五月榴花妖艳烘，
绿杨带雨垂垂重。
五色新丝缠角粽，
金盘送，
生绡画扇盘双凤。
正是浴兰时节动，
菖蒲酒美清尊共。
叶里黄鹂时一弄，
犹瞢忪，
等闲惊破纱窗梦。

《渔家傲》
宋·欧阳修

这首词似是一篇小说。

不过二三场景，却有无限情意。

不知是谁家有这样一位知书达礼的女子。端午这日，早早起来有条不紊地打点家事。窗外是五月妖艳了半边天的石榴花，红艳艳，分外惹眼。又有绿杨丝绦垂在院里，蓊蓊郁郁一派青葱。

她不时地会放缓手里的动作，然后抬眼看了看，真是一个清爽明媚的天。这样的光阴似被她捻在了手里，一寸一寸地抚摸过去，变得充满新意。

然后见他写“五色新丝缠角粽，金盘送，生绡画扇盘双凤”，便窃以为是她将那粽子用五色丝扎好，盛于镀金的盘内，分送邻里。去时手里还不忘握一把扇。那扇，是绢制的，扇面又有双凤盘旋。女子配绢扇，手托盛有角粽的金盘，宛若谁家壁上悬着的水墨画里漾出的美人。

“正是浴兰时节动”，用兰汤洗浴是端午节的一大习俗。汉代的《大戴礼》中记载：“午日以兰汤沐浴。”这里的兰非兰花，而是指属菊科的佩兰。佩兰香浓，又名鸡骨香、水香。以全草入药，有解热清暑、化湿健胃、止呕的作用，可煎水沐浴。

到明代的《五杂俎》出现这样的记载：“兰汤不可得，则以午时取无色草拂而浴之。”因佩兰难寻，所以此风俗发展至今，渐渐演变成用菖蒲、艾草煎水沐浴。

所以，这词里的女子这一日得了闲，便也将自己梳扮干净，亦示节日庄重。然后又将菖蒲酒一一盛好，待之后与家人共饮。这样端淑贤惠的女子，真是要娶回来好好疼惜的矜贵人儿。

午后有黄鹂鸟叽叽喳喳在树梢欢闹，却是不小心将她惊扰。只见她睡眼惺忪，翻身而起，缓缓腾挪至窗边。帘开刹那，日光涌入，她竟恍然记不起自己是何时饮至微醺，又是如何伏在他身边昏昏睡去。但终归是安安稳稳、踏踏实实地将这个端午过了。

也不知这一回，他去了之后，几时才能再回。但也罢了，贪得他一日便是一日，她心里已是满满当当的欢喜了。回首见他睡梦正酣，她竟忍不住窃窃地倚窗笑了。

也不知是欧阳修的词写得妙，还是我心中勾勒的那人太

好。写着写着，心里竟不时涌出少年一般的温柔情意，似是自己便成了那榻上睡去的男人。

如若，我是真的爱了她一回。

真是奇妙！

小窗午

疏疏数点黄梅雨。殊方又逢重五。
角黍包金，菖蒲泛玉，风物依然荆楚。
衫裁艾虎。更钗凫朱符，臂缠红缕。
扑粉香绵，唤风绫扇小窗午。

沉湘人去已远，劝君休对酒，
感时怀古。慢啭莺喉，轻敲象板，
胜读离骚章句。荷香暗度。
渐引入陶陶，醉乡深处。
卧听江头，画船喧叠鼓。

《齐天乐·端午》
宋·杨无咎

他的日子，过得清寂、孤凉。于是，他笔下的端午，与任何人都不一样。多了一份自在和清淡，少了一份情意绵长。但到底，他有一份穿越生死的孤独。比别人的，更隐约，却是最蚀骨。

五月，黄梅雨落。他在异乡再过端午，依然是茕茕孑立的一个人。“殊方又逢重五”中的“殊方”即是异乡。虽在异地，但这一处端午日的风物依旧似荆楚之地的习俗。用菖蒲叶来包白米粽、戴艾虎、佩钗符、系五色丝，都是作辟邪去灾之用。

所谓“艾虎”，是一种辟邪之物。古人会在端午这一天用艾草扎成虎的形状，佩戴在身以辟邪。古人视虎为神兽。《风俗通》曰：“虎者，阳物，百兽之长也。能噬食鬼魅……亦辟恶。”“钗凫朱符”也是如此，那是一些手写手绘的符箓，女子们将钗符插于鬓发间，也是作去灾之用。

古人在端午这一日，除了赛龙舟、吃粽子之外，在门前悬挂艾叶、菖蒲也是必做的事。还有饮酒，亦是有讲究。端午节所饮的酒通常都是菖蒲泡制的菖蒲酒或是雄黄泡制的雄黄酒。

此二种酒也常入诗入文的。古代文人多好酒，所以这两种酒也是他们的钟情之物。明代文人瞿祐有诗《菖蒲酒》：

采得灵根傍藕塘，只因佳节届端阳。
金刀细切传纤手，玉斝轻浮送异香。
厨荐鲥鱼冰作鲙，盘供角黍蔗为浆。
同时节物充筵会，纵饮何妨入醉乡。

菖蒲酒是用菖蒲直接泡制而成，性温味辛，亦有延年益寿之功效。李时珍的《本草纲目》中记载："菖蒲酒，主治大风十二痹，通血脉，壮阳滋阴；饮百日颜色丰足，气力倍增，耳聪目明，行及奔马，发白变黑，齿落再生，尽夜有光，延年益寿，久饮得与神通。"

雄黄酒亦然。不过雄黄酒的泡制方法有两种。一是将蒲根切细、晒干，拌上少许雄黄，浸白酒而成。清人顾禄的《清嘉录》中记载："研雄黄末，屑蒲根，和酒饮之，谓之雄黄酒。"二是单独用雄黄泡酒，也可制成雄黄酒。

雄黄是中药药材，又称为雄精、石黄、薰黄、黄金石。可杀虫解毒。但它本身亦是有毒，所以只有谨遵古法泡制的雄黄酒才能饮用。端午饮雄黄酒也是有道理的，杭州一带便有"五月五，雄黄烧酒过端午"的谚语。

古人常认为雄黄可克蛇、蝎等毒物，有雄黄"善能杀百毒、辟百邪、制蛊毒，人佩之，入山林而虎狼伏，入川水而百毒避”之说，也因此才有了白素贞误饮雄黄酒现出原形的故事。

杨无咎在诗里又说，然端午节虽是为纪念屈原而设，但斯人已逝，且人去已远。如此，万千追慕其实并无意义。倒不如就着目下风景用心饮一杯酒，听歌姬吟唱也会好过诵读《离骚》。

“荷香暗度。渐引入陶陶，醉乡深处。卧听江头，画船喧叠鼓。”这日风光真好。他什么也不再去思虑，淡然地栖在荷香里睡去，听江头画船喧叠鼓。

读他的词，犹似赏他的画。只觉，填词作画的那一日，他只是在远山淡日之下，一壶清酒，但听风吟，心无别事。就是这样的一种净，让杨无咎恬淡如水，让人甚觉舒悦。他写的诗词，作的画，也都是如此。

有的，便只是清静无扰的一种闲趣。

知此意

高咏楚词酬午日，
天涯节序匆匆。
榴花不似舞裙红。
无人知此意，
歌罢满帘风。
万事一身伤老矣，
戎葵凝笑墙东。
酒杯深浅去年同。
试浇桥下水，
今夕到湘中。

《临江仙》
宋·陈与义

此词是为凭吊屈原而作。

写端午，怎样也是避不开屈原的。他犹似一个图腾，虽湮灭在汨罗江底，却巍然矗立在历史的书页当中，亘古长存。他已然是某一种文人精神的象征，对后人暗暗做出指引。所以，端午日，也是理应怀念他的。

时光匆匆，岁序无涯，转眼石榴花红似火。是的，五月来了，端午到了。就是这样不经意地来，也注定要无可挽回地去，就似当年屈原那纵身一跃。“高咏楚词酬午日，天涯节序匆匆”，词人吟诵楚辞是假，思忆前人才是真。

只是，一曲唱罢，不过只有满帘清风做伴。已是历经世事的人，这一年他又流寓异乡。于是，也因时因势地回想起年轻时的自己。那时候，也只有一颗壮志报国的赤子心。无奈命运不济，活在乱世。理想、志向，竟似野草，无处萌蘖，只能听天由命。

“万事一身伤老矣，戎葵凝笑墙东”，到底是怎样的一种心境，才能写出这般似清淡如水却又有深痛隐匿其中的句子来。世事沧桑都已过，他就老在这荒凉时光里。只剩蜀葵灿烂，笑在墙东。

再看手握的杯中酒，虽深浅似去年，但其味，已是不大一样。“试

浇桥下水，今夕到湘中”，他倒下一杯酒，权当是敬了屈原。只是希望，这杯酒，可以真的顺水流入湘江里，以告慰先贤的在天之灵。

他不知，当年的屈原立在江边纵深跃下的那一刹，心中的孤绝是否与自己当下的心意有几分相同。这首词作于南宋建炎三年（1129 年）。词人彼时，国家动荡不安，前途未卜。在乱世的夹缝里求生存的他正避难南奔，流寓到湖北、湖南一带。

陈与义的词总有一种好，用“语意超绝，笔力横空”来形容最恰当不过。其词意疏朗，字句明快，自然浑成。这一首《临江仙》更是如此。

陈与义有一个迷人的别号，曰“简斋”。南宋诗论家严羽在《沧浪诗话》中“以人而论”诗体时，更是将陈与义的诗称为“陈简斋体”，自成一派。

“简斋”二字的确迷人。简斋，简斋，清简之斋。念上几遍，会有一种淡凉之气。仿佛透过这两个字便可见青灯照壁的那年端午，他一身粗布衣衫立在江边，吟诵《楚辞》的模样。有一种苍凉，却是与世无染、心意自知的清绝。

日光遍地，无处告别。

忆生平

深院榴花吐。画帘开、衣纨扇，午风清暑。儿女纷纷夸结束，新样钗符艾虎。早已有游人观渡。老大逢场慵作戏，任陌头、年少争旗鼓。溪雨急，浪花舞。

灵均标致高如许。忆生平、既纫兰佩，更怀椒醑。谁信骚魂千载后，波底垂涎角黍？又说是、蛟馋龙怒。把似而今醒到了，料当年、醉死差无苦。聊一笑、吊千古。

《贺新郎·端午》

宋·刘克庄

深得我心的一阙词。

潇潇洒洒荡荡然然。

端午节这一天，锣鼓喧嚣，甚是热闹。他却只是懒懒地立在一旁，看窗外欢情一角。也不去嬉闹，也不故作清高。就只是随意地抬眼瞧了瞧，然后便落笔写了这一遭。

院子里榴花盛放，一片耀眼鲜红。他将画帘拉开，随意套了一身粗布衣衫，拿起一把团扇便走向了人群中央。少年少女还真是年轻气盛。三五成群，讨论着节日的崭新衣裳，发间的钗符艾虎，好不热闹！

“钗符”是指端午这日女子插于发间去灾的护符。西晋葛洪所撰的《抱朴子》中记载：“五月五日剪采作小符，缀髻鬓为钗头符。”“艾虎”如之前所写，即是用艾草扎成虎形佩戴在身的辟邪之物。

“老大逢场慵作戏，任陌头、年少争旗鼓。溪雨急，浪花舞”写得尤是轻妙。他说自己已是老人，不好去打扰年轻人的热闹。有年轻人正竭力竞渡，争赛龙舟。亦有人在田间岸边摇旗击鼓，呐喊壮势。而他，只是立在一旁应景似的凑个热闹。

到下阕，词人笔锋一转，思忆屈原。有人说屈原死后贪食角黍

（粽子），还道有蛟龙偷食。此刻在刘克庄看来，这实在是儿戏。传言初见于南朝时期的《续齐谐记》，文中记载如下：

屈原以五月五日投汨罗水，而楚人哀之，至此日，以竹筒贮米，投水以祭之。汉建武中，长沙区曲，白日忽见一士人，自云三闾大夫，谓曲曰："闻君当见祭，甚善。但常年所遗，恒为蛟龙所窃。今若有惠，可以楝叶塞其上，以彩丝缠之，此二物蛟龙所惮也。"曲依其言。今世人五月五日作粽，并带楝叶及五色丝，皆汨罗水之遗风。

粽，故时称为"角黍""筒粽"。食粽是端午节最重要的饮食风俗，历史悠久。一如《续齐谐记》所载，粽起先是由竹筒盛煮而成，因此被称为"筒粽"。后渐用箬叶裹米烹煮。

西晋时周处的《风土记》载："俗以菰叶裹黍米，以纯浓灰汁煮之令烂熟，于五月五日及夏至啖之。一名粽，一名角黍。"

南北朝时，开始出现杂粽，即在粽米当中掺杂肉、板栗、红枣、赤豆等做馅儿。唐时，粽的包裹形状开始出现锥形、菱形。宋时，已有"蜜饯粽"，即以果品入粽。元、明时期，粽叶已从菰叶变更为箬叶、箬叶。"粽文化"也实在是一件说来话长的事。

回到刘克庄的词。他写屈原与粽，也与自己仕途失意有关，所以，提及关于屈原与粽的荒唐传言，刘克庄在词意当中还隐藏着一点怨怒。但他生性潇洒，那怨，那怒，即便是有，也只是蜻蜓点水，淡淡浅浅，玩笑一般过去了。万般喜怒，不过“聊一笑、吊千古”。

整阕词的词境，慵懒之中有一种洒然旷达。

戏谑之余，又是丰神迥绝。

为当时

盘丝系腕，巧篆垂簪，玉隐绀纱睡觉。
银瓶露井，彩箑云窗，往事少年依约。
为当时、曾写榴裙，伤心红绡褪萼。
黍梦光阴，渐老汀洲烟蒻。
莫唱江南古调，怨抑难招，楚江沉魄。
薰风燕乳，暗雨梅黄，午镜澡兰帘幕。
念秦楼、也拟人归，应剪菖蒲自酌。
但怅望、一缕新蟾，随人天角。

《澡兰香·淮安重午》
宋·吴文英

起先，很不喜欢这一首词。因它极是拗口，又极是蹉跎。且词中意象破碎，晦涩难懂。全无纳兰词那一种清新流丽之美，亦无东坡词的洒然通达，读来处处都觉不适。

但后来，却因那一句妙丽的“往事少年依约”和“黍梦光阴，渐老汀洲烟蒻”，便将它反复吟诵，最终决定将它拿来一写。

吴文英是南宋人，一生作词颇多。数量上，唯有辛弃疾可与之相比。却因其词意破碎，自古备受争议，褒贬不一。南宋词人张炎更是如此形容吴文英的词：“如七宝楼台，眩人眼目，碎拆下来，不成片断。”初读此词时，正有此感触。只是，若果真用力揣摩，又不无妙处。

这阙词是怀人之作。因所恋慕女子不在身边，又在异地过端午，心中便不禁生发情思，思念家中女子。往年的这个时候，她大约已经推帐揽衣而起，已打扮停当。“盘丝系腕，巧篆垂簪”句，美妙动人。

他还隐约记得，那些年与她花下对酌，看她执扇起舞。彼时，二人心里都温柔似水。除了风花雪月，也就再无他事了。就是这样的与世无争两相伴。

还有那一回，他在她的石榴裙上书写作画，当时石榴花正艳，一切都是无与伦比之美。只是时光蹉跎，今时不比往日，他孤自在异乡。所能做的，也就只是想念、回望。“黍梦光阴，渐老汀洲烟蒻”，烟云尚会渐老，又奈何光阴沧桑。

此处，词人引用了王献之的典故。《宋书·羊欣传》记载：

欣少靖默，无竞于人，美言笑，善容止。泛览经籍，尤长隶书。不疑初为乌程令，欣时年十二，时王献之为吴兴太守，甚知爱之。献之尝夏月入县，欣著新绢裙昼寝，献之书裙数幅而去。欣本工书，因此弥善。

羊欣年轻时性格沉静，不与人争强斗胜，言笑和美，容貌举止俱佳。羊欣广泛阅读经籍，书法方面尤其擅长隶书。初任乌程县令时，

羊欣只有十二岁，实在是少年天才之人。所以，当时任吴兴太守的王献之对他很赏识。

某年夏日，王献之来到乌程县官署看望羊欣。彼时，少年羊欣着一身新绢裙午睡，献之在他的裙子上题了几幅字就离去了。羊欣原本擅长书法，自那以后，他的书法便迅速长进了。此事被人知晓后，传为美谈。

有人在唱江南古曲，沉郁之调惹得词人愈发哀伤。于是他感叹："莫唱江南古调，怨抑难招，楚江沉魄。"端午本就因纪念屈原而生，"楚江沉魄"指的即是投汨罗江而死的屈原。他说，不要唱了，这些歌声也招不回屈原的魂魄。

再宕笔至眼下风物。这五月时令，薰风燕乳，暗雨梅黄。他想，这个时间，她大概沐浴兰汤完毕了。"但怅望、一缕新蟾，随人天角"，或许，她一如他，也在对影自斟，挂念远人。

说到底，他诉诸笔端的所有情意，也不过是那三个字：为当时。

七夕

他生未卜此生休

农历七月初七为七夕，又被称为乞巧节。
有穿针乞巧、喜蛛应巧、投针验巧、种生求子、
供奉“磨喝乐”、拜织女、拜魁星、晒书、晒衣、
为牛庆生、吃巧果等风俗。
最早来源于人们对星宿的崇拜，
后来衍生出牛郎织女七夕鹊桥相会的故事。
七夕被立为节日，大约起源于汉代。

看碧霄

七夕今宵看碧霄，
牵牛织女渡河桥。
家家乞巧望秋月，
穿尽红丝几万条。

《乞巧》

唐·林杰

牛郎织女的故事已流传久远，是应了纳兰容若那一句“天上人间情一诺”的不消不毁、不死不灭的爱。牛郎质朴，面憨心善，是凡尘中尘埃一般寻常的男子。却正是这一般实诚勤朴之人，受到了下凡仙女的眷顾，得一段万世良缘。

南朝时任昉的《述异记》中有记载：

大河之东，有美女丽人，乃天帝之子，机杼女工，年年劳役，织成云雾绢缣之衣，辛苦殊无欢悦，容貌不暇整理，天帝怜其独处，嫁与河西牵牛为妻，自此即废织纴之功，贪欢不归。帝怒，责归河东，一年一度相会。

只是，历经千万世的流传之后，牛郎与织女的相遇相知相爱，欲相守却相离的情事，已远远不止如此简单。在后世文人的编排杜撰之下，日渐有了更丰富的含蕴，也愈是跌宕起伏，愈是荡气回肠。

话说牛郎命苦，父母早逝，受尽兄嫂的欺凌。生活举步维艰，牛郎只能日夜与兄嫂弃之不理的老牛相伴。却不料老牛通灵，这日竟开口说了人话。无人知道老牛的前世是金牛星君。

也是得了老牛的点化，牛郎才去了碧波池边，偷了织女沐浴的衣物，也才有了与织女的邂逅，酿造了一段后人皆知的仙凡良缘。织女与凡人牛郎相爱生子，男耕女织的事最终触怒了王母。王母金钗一划，二人便分隔在银河两端，生生别离，唯有每年七夕才能相聚。

后人怜惜，也因人人心中有爱念，于是时年一久，七夕也就成了男女欢聚的由头。本是寻常日子，却也慢慢有了深意，成了情人之节。

林杰的这首《乞巧》写的似小家碧玉，有一种清朴又玲珑的气质。读来朗朗上口，可亲可触，浅显易懂。前两句写牛郎织女七夕相会，后两句写女子七夕穿针乞巧，最是诚挚。南朝梁诗人刘遵有题为《七夕穿针》的诗作，将女子七夕对月穿针一事写得细致入微。

步月如有意，情来不自禁。
向光抽一缕，举袖弄双针。

此诗来回读上几遍，犹似真见当年美人举袖弄双针的画面，欢意无限。成语“情不自禁”亦是来源于此诗。与刘遵同时代的诗人柳恽也有同名诗作：

代马秋不归，缁纨无复绪。
迎寒理衣缝，映月抽纤缕。

的皪愁睇光，连娟思眉聚。
清露下罗衣，秋风吹玉柱。
流阴稍已多，馀光亦难取。

柳恽这一首诗虽题为《七夕穿针》，却写的是闺怨，意蕴较之刘遵的诗要丰富，要幽柔，要深婉，要雅丽。女子因丈夫在外从军而独守空闺，内心是难以言尽的忧思。面对衣裳琳琅，也是心猿意马，无意料理。心思早已随丈夫流离在千里之外。

眼下却又到了七夕。小女子们欢喜地聚在一起对月穿针，她竟只能寥落一人，裁衣寄远，人月两忘。夜色弥深之时，她心中更是深海横绝，站在此端，渡不去彼岸，也不知远去的丈夫是否安康。她本是眼波媚丽的妙人，如今却是青黛不舒，眉蹙凝愁，只顾沧桑，不管流年。

关于“乞巧”一事，大约始于汉宫，南朝梁时流入民间。织女织云锦，做天衣，其穿针织布的功夫可谓登峰造极，是旧时人们心中的女子典范。所以，七夕这夜，女子会在庭院里陈瓜果、焚椒香，手捻丝线，对月穿针，争先向织女求取巧艺。谁先穿过针便是“得巧”。

另外，七夕还有“丢针卜巧”的习俗。中午的时候在太阳下放

一盆水暴晒，待空气里的尘埃在水面结成一层薄膜，再将针轻放至水的薄膜上，此时观水下针影，若能成云团、花朵、鸟兽之形，即为“得巧”。

除此之外，还有七夕窃听哭声和七夕夜里若见供品上有蜘蛛结网便是“得巧”的说法。

女子在七夕夜里“乞巧”，男人则要在七夕夜里“乞智”。因七月初七是魁星的生辰，魁星爷就是魁斗星。二十八宿中的奎星，是北斗七星的第一颗星，有“魁首”之说。魁星主文事，掌控考运。因此，七夕这日，男子便会供拜魁星“乞智”，以求取功名。

如此看来，七夕这日民俗甚丰，但无论是乞巧、乞智，还是乞子、乞富、乞寿，抑或是别的什么，都只不过是映照出了人们心头那一点温暖美好的愿望。

此生休

海外徒闻更九州，
他生未卜此生休。
空闻虎旅传宵柝，
无复鸡人报晓筹。
此日六军同驻马，
当时七夕笑牵牛。
如何四纪为天子，
不及卢家有莫愁！

《马嵬》（其二）

唐·李商隐

李商隐忽化身唐玄宗，七夕夜挑弄诗中乾坤。

杨玉环与唐玄宗那一段缱绻难休的情事是深深切切的跌宕，是至为竭力的荡气回肠。白居易为之所作的《长恨歌》更是惊艳了千万世人。如此一来，这一段事便在文人心中愈发风流。

但李商隐作此《马嵬》诗，却是醉翁之意不在酒。此诗的主旨是政治讽刺，矛头直指唐玄宗。正是他与她的昔时之欢，才造就了今日他与她的生死隔绝。昔日废业专事欢情，终成今时千古之恨。

首句“海外徒闻更九州”，是化用白居易《长恨歌》中的“忽闻海外有仙山”之意。传说，杨贵妃死后，唐玄宗曾命方士寻觅她的芳魂归处。方士寻觅之后来报，九州之外更有大九州，杨贵妃的芳魂便居住在那海中仙山之上。

更有传闻说，唐玄宗果真于仙山之上找到了杨贵妃，且杨贵妃还赠以钿合金钗作为信物，以续来生之约。但此时，唐玄宗是不安的，“徒闻”二字述尽内心惆怅。

此生缘已尽，安史之乱又尚未平定，来生之约何其渺茫，实在是憾恨不可预知！他以事中人的角度来叙说唐玄宗心中之零落与慨然，亦隐隐有一种自嘲与自怜。

彼时，唐玄宗正在离京入蜀的逃难途中，夜间时时听闻禁卫军击打刁斗。而京城的宫中却冷清寥落，已无须鸡人报晓。颔、颈二联采用今昔比照的写法，面似将唐玄宗内心的离难之苦表达到位，实则暗藏讽喻之意。

颔联二句中“虎旅”对“鸡人”，“宵柝”对“晓筹”。“虎旅”指唐玄宗入蜀随行的禁军。“宵柝”指夜间报时所用的刁斗。“鸡人”则是指宫中专管更漏之人，即报时之人。因宫中不可蓄鸡，于是，设有专人报时。

颈联二句写，今时马嵬坡前六军驻马不前，禁军哗变，迫他赐死杨贵妃，他却再不能如力壮之时那般事事挡于前，为她遮风避雨，力挽狂澜。此时，他竟只能顺应天下，牺牲掉她。想当年，他们还曾嘲笑七夕夜里牛郎织女的经年一会，不如他与她这般朝朝暮暮。

彼时，真是单纯的一对真心人，眼中全无旁物。只觉得这天地之间，只有手牵心念的这人。不料今时，人已去，心已凉。哪怕他是在位有四纪的真命天子，又如何。终是沦落到孤寥无爱的地步，连心爱的女子也保不住。真是不如那卢家男人，他尚有莫愁相伴朝夕。

李商隐这一首《马嵬》的最后一句最是有力。“如何四纪为天子，不及卢家有莫愁”，是真正戳到唐玄宗软肋的话。失爱竟因爱深，爱到死方罢休，也真是一语成谶。

“不及卢家有莫愁”一句的背后，又是一则凄美情事。相传，六朝齐梁时期，有女名曰莫愁，歌艺舞技卓绝。莫愁母亲早逝，她与父亲相依为命。莫愁十五岁那年，她父亲却在上山采药之时坠崖而逝。因家中贫苦，莫愁无力葬父，于是卖身葬父。

此时，她遇到了当地的卢姓男子。卢家对她恩重，她便自然地随他而去。却也幸运，嫁与卢家后，他对她百般疼惜，夫妻二人感情甚笃。不料，一日，莫愁在湖边浣衣时，被微服出巡的皇帝看中。为了得到莫愁，皇帝便将其夫征召戍边。

更不料，这一别，丈夫杳无音讯，有去无回。莫愁起初不知内情，依然在家候盼丈夫归来。直到皇帝派人召纳莫愁入宫，她方才了悟真相。为守爱之贞洁，莫愁抵死不从，最终投湖自尽。后人为纪念莫愁，便将此湖命名为“莫愁湖”，并塑碑纪念。

有南朝梁武帝萧衍的乐府歌辞《河中之水歌》曰：

河中之水向东流，洛阳女儿名莫愁。
莫愁十三能织绮，十四采桑南陌头。
十五嫁与卢家妇，十六生儿字阿侯。
卢家兰室桂为梁，中有郁金苏合香。
头上金钗十二行，足下丝履五文章。
珊瑚挂镜烂生光，平头奴子擎履箱。
人生宝贵何所望，恨不早嫁东家王。

中秋

今夜清光似往年

农历八月十五为中秋节，又被称为仲秋节、团圆节、八月节等。
有赏月、观潮、吃月饼、团圆宴等风俗。
“中秋”一词，最早见于《周礼》。
到初唐时，中秋节才成为固定节日。
中秋节盛行则始于宋朝。
到明清时期，中秋节已与元旦齐名。
现已成为仅次于春节的第二大传统节日。

无人会

昔年八月十五夜，
曲江池畔杏园边。
今年八月十五夜，
湓浦沙头水馆前。
西北望乡何处是？
东南见月几回圆。
临风一叹无人会，
今夜清光似往年。

《八月十五日夜，湓亭望月》
唐·白居易

时光之变迁，令人叹为观止。

彼年与今日，不过只是数百日，却好似隔了千万世。谁也不是光阴的对手，更妄论与命运对峙。去年的八月十五夜，他还在曲江池畔的杏园边赏月。今年的八月十五夜，他竟已身处荒僻的江州湓浦水边，形影相吊。时过境迁，所有的人情世故也都回不到从前。

中秋夜寂寂，他独自在异乡怅惘。“西北望乡何处是？东南见月几回圆”二句抒发了心中的思乡情。向西北方遥望，不知隔了故乡几千几万里。而这中秋之月，却在东南方向的天空上圆了好几年。离家万里，孤自几年。这样的生涯纵有安稳表象，对他而言，亦不过是另一种漂泊和流离。

昨夜风吹一整宿，却是无人领会。但看今夜中秋月，光芒亦如往昔，落落清凉。想来他是思念深切，不知家中故人何如。也不知那一年他与她在院中植下的树，是否已有了浓荫的面目。

彼时，白居易正被贬官至江州。他仕途受挫，心中定是伤怀盈满。生发出如此感慨，也是一种时不与我的自怜。

人人心中都有一个家的概念，其内涵想必也是大同小异。家之于每一个人的意义也是如此。家是奔波劳累之后转身的一个归宿，且是与生命共存的，是一种不可替代的生命构成。羁旅在外，思乡情切是理所应当的。

以中秋入题寄寓思乡情意的诗作不少。最知名的如李白的《静夜思》。另外还有唐诗人韩偓的《中秋寄杨学士》、唐诗人无可的《中秋夜南楼寄友人》、唐诗人朱庆余的《旅中秋月有怀》、唐诗人张祜的《题于越亭》，以及宋词人晏殊的《中秋月》，等等。

白居易那一首名诗《望月有感》小序："自河南经乱，关内阻饥，兄弟离散，各在一处。因望月有感，聊书所怀，寄上浮梁大兄、於潜七兄、乌江十五兄，兼示符离及下邽弟妹"，交待诗作背景，领起全诗，写的也是中秋月下的羁旅乡思。

时难年荒世业空，弟兄羁旅各西东。
田园寥落干戈后，骨肉流离道路中。
吊影分为千里雁，辞根散作九秋蓬。
共看明月应垂泪，一夜乡心五处同。

我亦是多年未曾在家中过中秋，想到此处，心中也是怅然。父母业已年迈，总是想着，与之相伴的时间也愈来愈少。却不知到底是年轻气盛还是欲念难满，依旧只身在外辗转不停。今人多忙碌，也难再有古人那一份怀乡赏月的闲情逸致。但读到白居易的这一首诗时，还是不得不轻叹。

“共看明月应垂泪，一夜乡心五处同”，说得极是。

夜寂静

纷纷坠叶飘香砌，夜寂静，寒声碎。
真珠帘卷玉楼空，天淡银河垂地。
年年今夜，月华如练，长是人千里。

愁肠已断无由醉，酒未到，先成泪。
残灯明灭枕头欹，谙尽孤眠滋味。
都来此事，眉间心上，无计相回避。

《御街行》
宋·范仲淹

思忆心中恋之女子，竟是如此哀艳的事。

是夜，八月十五中秋夜。伊人不在，他独自一人行走在荒凉月下。周身静寂似井，哀沉凄绝。纷纷枯叶和着落花铺满香阶，甚至连叶落的细微声响都可清晰入耳。“纷纷坠叶飘香砌，夜寂静，寒声碎。”这夜，也真是静得令人心碎。

蓦地想起“夜来香”。大约也是要在这清冽的夜月映衬下，浓香似涟漪，方才一圈一圈漾开，穿堂入巷，漫入女子闺室，漫入他的心中。

他是真的在怀念她。一如当年的初相见，人海里认定了彼此。只是彼时，谁也不知，有朝一日，他们会天涯两相隔，千里共婵娟。“真珠帘卷玉楼空”，她是真真切切地离开了。

“天淡银河垂地”，又有一种不可细说的风情。视线尽头是天地交接的一线关联，好似银河垂地，也有一种说不出的空荡与旷远。在浩瀚夜幕之上，年年中秋都是月华如练，此时却是无人相伴，孤自仰望。

他心中郁结难抒，于是想借酒消愁。可是不曾料，酒未入口，却已泪流。男儿有泪不轻弹，只因未到伤心处。男人如若成情痴，定是痴情过女子。

“残灯明灭枕头欹，谙尽孤眠滋味。”灯已烧残，火光明灭之间，也只能欹枕而卧，独自尝尽孤眠的滋味。“都来此事，眉间心上，无计相回避”，这一句真真写得让人落泪。若不是读到这一阙词，大约也不会知道范仲淹竟是如此情深之人。

中秋夜里寄相思，是民间常情。但最孤绝的，大约还是嫦娥奔月后，与夫君后羿天地两相隔的那一种无望。关于“嫦娥奔月”的传说版本众多，最早见于西汉刘安撰写的《淮南子》。

《淮南子·览冥训》记：“羿请不死之药于西王母，姮娥窃以奔月，怅然有丧，无以续之。何则，不知不死之药所由生也。”东汉高诱批注曰：“姮娥，羿妻。羿请不死药于西王母，未及服食之，姮娥盗食之，得仙，奔入月中为月精也。”

据《淮南子》所写，羿从西王母处求来不死仙丹，想研究这不死之药是如何制成。却被姮娥偷取，服药之后，姮娥便升天奔月，成为月精。羿也因此无法得知不死之药是怎样制成的。

东汉著名的天文学家张衡在其一篇天文代表作《灵宪》当中也说到了“嫦娥奔月”一事。但张衡写道：“羿请不死药于西王母，羿妻姮娥窃以奔月，托身于月，是为蟾蜍。”说嫦娥奔月之后便成了蟾蜍，而非月精。此又为一说。

时光辗转，“嫦娥奔月”的传说被后人赋予了愈来愈丰富的内容，比如玉兔、吴刚、广寒宫，渐渐形成了今日民间流传的说法。中秋吃月饼的习俗，也是由此传说而来。

嫦娥独居广寒宫，夫妻二人天地相隔，犹似牛郎织女，难得一见。后来，嫦娥探知可使二人相聚的方式，即每逢八月十五，后羿用面粉作丸，团团如圆月形状，放在屋子的西北方向，然后连续呼唤嫦娥之名。如此，夜里三更时分，嫦娥便可下凡与后羿团圆。

中秋、月饼、团圆、嫦娥奔月，都是美到令人讶异的词语。国人素来充满智慧，即便再寻常的事物，经千世流传，也会被赋予美不可言的蕴含。中国的每一个传统节日，以及节日里的每一道食物、每一个物件、每一种图腾，皆是如此。

李商隐说：“嫦娥应悔偷灵药，碧海青天夜夜心。”有爱，即可慰相思，范仲淹亦是懂得。迷人的，是春花秋月又顺风顺水的生生世世吗？不对。令人心生敬意的，是历尽劫难后千疮百孔亦至死不渝的贞烈和勇猛。爱，只有在刀山火海之上，才能令人得到之后心如磐石，无所转移。

所有轻易得到的，总难以被珍惜。

九月寒

定知玉兔十分圆，
已作霜风九月寒。
寄语重门休上钥，
夜潮留向月中看。
万人鼓噪慑吴侬，
犹似浮江老阿童。
欲识潮头高几许？
越山浑在浪花中。

《八月十五日看潮五绝》（选二）

宋·苏轼

看潮。

这对于我来说，依然有一种莫可名状的震慑力。这是一件不可不做的事，是需要有仪式感的。古人多有中秋观潮的诗作，窃以为，苏东坡的这一组诗独领风骚。第一首当中有“玉兔”一词，玉兔与月亮之间的关联世人皆知。嫦娥独居广寒宫里，唯有玉兔相伴。此处的“玉兔”即是指代月亮。

他说，“定知玉兔十分圆，已作霜风九月寒”。知道今夜之月势必会十分圆，虽然清寒也不能阻碍他心中的愉悦欢欣。彼时苏轼任杭州通判，杭州地近钱塘江，现在，虽不过只是八月十五，天气却已有九月之寒。

彼时，苏轼居住在杭州郡斋，也就是郡守起居的官舍之内。所以他对看守城门的小吏说，“寄语重门休上钥，夜潮留向月中看”。不要将城门上锁，今夜他还要趁着月色去看潮。

到第二首诗，苏东坡便开始写潮水奔啸而来、拥峰叠雪的威势。潮声如巨鼓宏雷，直慑人心，就像当年越军的擂鼓声，气势恢弘地震慑住了吴国之军，并将之一举击溃。又似西晋名将王濬浮江夺城般壮烈，势不可当瞬间压境。潮涨如打仗。

“万人鼓噪慑吴侬，犹似浮江老阿童”二句用了两个典故。“吴侬”

是指吴人。春秋时期，吴越之战中，越军在战鼓声中，万军呼喊前进，气势如虹，异常壮烈，一举将吴军震慑住。吴军也因此一败涂地，溃不成军。

“阿童”是指西晋名将王濬，阿童是他的小名。当年王濬率长江上游的水军，自蜀浮江东下，楼船千里，攻取了吴都建业。《晋书·列传第十二·王濬列传》记载：

濬自发蜀，兵不血刃，攻无坚城，夏口、武昌，无相支抗。于是顺流鼓棹，径造三山。皓遣游击将军张象率舟军万人御濬，象军望旗而降。皓闻濬军旌旗器甲，属天满江，威势甚盛，莫不破胆。

第二首诗末两句“欲识潮头高几许？越山浑在浪花中”，是实景实写。若想知道八月十五夜钱塘江的潮头有多高。他只能答说，越山已淹没在浪花之中了。潮头已高过越山，可见当夜江潮之雄伟浩荡。

中秋看潮一如吃月饼、赏月，亦是中秋节日的重要习俗之一。只是看潮有地域上的针对性，不是所有的地方都有此风俗。古代江浙一带最为盛行。八月十五夜至八月十六日凌晨，是观潮的最佳时机。所以，苏东坡也在诗中说“夜潮留向月中看”。

此二首诗，作于宋神宗熙宁六年（1073 年）中秋。

附

苏轼《八月十五日看潮五绝》

其一

定知玉兔十分圆，已作霜风九月寒。
寄语重门休上钥，夜潮留向月中看。

其二

万人鼓噪慑吴侬，犹似浮江老阿童。
欲识潮头高几许？越山浑在浪花中。

其三

江边身世两悠悠，久与沧波共白头。
造物亦知人易老，故教江水更西流。

其四

吴儿生长狎涛渊，冒利轻生不自怜。
东海若知明主意，应教斥卤变桑田。

其五

江神河伯两醯鸡，海若东来气吐霓。
安得夫差水犀手，三千强弩射潮低。

重阳

万事尽随风雨去

农历九月初九是重阳节，有登高、插戴茱萸、赏菊、饮菊花酒、

吃重阳糕、骑射、围猎等风俗。

《易经》定“六”为阴数，“九”为阳数，九月九日，

日月并阳，两九相重，故而叫重阳，也叫重九。

上可追溯至先秦。

《吕氏春秋》载：“（九月）命家宰，农事备收，举五种之要。

藏帝籍之收于神仓，祗敬必饬。”

“是月也，大飨帝，尝牺牲，告备于天子。”

三国时曹丕的《九日与钟繇书》中亦有

“岁往月来，忽忽复九月九日……以为宜于长久，故以享宴高会”之句。

到东汉末年，重阳节已形成。

意常多

余闲居，爱重九之名。秋菊盈园，而持醪靡由，空服九华，寄怀于言。

世短意常多，斯人乐久生。
日月依辰至，举俗爱其名。
露凄暄风息，气澈天象明。
往燕无遗影，来雁有馀声。
酒能祛百虑，菊解制颓龄。
如何蓬庐士，空视时运倾！
尘爵耻虚罍，寒华徒自荣。
敛襟独闲谣，缅焉起深情。
栖迟固多娱，淹留岂无成。

《九日闲居 并序》

晋·陶渊明

首四句开篇即议，由人世之短引出人们渴慕生世久长。人生在世，亦不过数十寒暑。生命短暂，人是过客，不过一弹指、一晃神，便去了此生。于是，人们心中总有欲念，企慕长寿永生，自生诸多烦扰。

眼下即是如此。倏忽之间，重阳节便已依序顺时而至。因重阳乃九月初九，总觉九九暗含久久之意，所以，人们便甚爱重阳这节日。

中间十句写景抒情。是日，露水凄清，暖风已止，秋高气爽，是难得清明的好天气。深秋的时令，空气中有一种沉厚之感，令人心境渐宁。这时节，南飞的燕子未曾留下踪影，北来的大雁却尚有余声。

陶渊明彼时是清苦的离群之人，心中总有一些清悠的郁悒在。于是，逢这重阳日，他便难免想饮酒去忧。又想到，坊间说菊花可防年衰岁老，有养生之效。

只可惜，他自己不过是个隐居的贫士，竟只能让思亲团聚的喜悦之节白白过去。又见面前因无钱沽酒而空空如也竟似蒙尘的酒器和身旁独自荣枯无人问津的秋菊，心中更是有一番说不出的萧索，悲凉上心头。

末四句写得真是好，语词简静淡远，又着实大气。“敛襟独闲谣，缅焉起深情”二句，王镇远意译为“整敛衣襟，独自闲吟，而思绪辽远，感慨遥深”。大约是他隐居时日太久，心中郁结之思终于可以借机表达，于是便忽自起身深思，苍凉感慨之情溢出。

句中的“深情”二字，虽未言明“深情”为何事，但我理解为，是怀想起一些都已折戟沉沙的青年理想。于是，才又写下结尾二句“栖迟固多娱，淹留岂无成”，说自己隐居山林多年，怡然欢悦，乐趣不少，却也疑惑，难道滞留这尘世间只是为了得到一无所成的终年？

这首诗应当作于陶渊明晚年。依照诗序当中所写，“余闲居，爱重九之名。秋菊盈园，而持醪靡由，空服九华（九华即为菊花），寄怀于言”，与《宋书·陶潜传》中的一段记载十分吻合：“尝九月九日无酒，出宅边菊丛中，坐久，值弘送酒至，即便就酌，醉而后归。”

上文是说，陶渊明归隐后闲居家中，某年重阳，他家贫无酒，只是在自家门前赏菊良久。但正巧，彼时任江州刺史的王弘派人送来了酒。因有人身着白衣，亲送美酒上门，他也不觉得自己寒酸落寞，便不推不拒，坦然接过美酒，畅饮至醉。他的天性里有一种随性、自然的态度，

丝毫不为世俗所束。

但也真的是生活无奈。世事沉浮，他虽匿居多年，却到底还是有些东西难以彻底放下。他也曾是壮志盈心的青葱少年，也有过激情四溢的青年、壮年。庆幸的是，他是一个有着清醒的自我认知的人。他知道自己是什么样的人，需要过什么样的生活，应当做出怎样的选择。

他是凛然的男子。知道自己生性恬淡，终不愿为俗世浊气所染，到底还是执迷于山水简淡。于是，他过了这么多年淡洁如水的时光。正如陶渊明在《五柳先生传》里的自我摹写，是在低微淡泊处怡然自乐的人：

闲静少言，不慕荣利。好读书，不求甚解，每有会意，便欣然忘食。性嗜酒，家贫不能常得，亲旧知其如此，或置酒而招之。造饮辄尽，期在必醉。既醉而退，曾不吝情去留。环堵萧然，不蔽风日。短褐穿结，箪瓢屡空，晏如也。尝著文章自娱，颇示己志，忘怀得失，以此自终。

又想起那一篇传世的《桃花源记》，忍不住依然要赘引于此。也是无奈，只因它太美。多念几遍后，便惊觉胸中有股清氲之气，由内而生，缓缓漫出。似是自己便成了那脚蹬木屐，飘然若仙的世外之人。也似见，近处是美人噙花在口，远处是山水依约，恍若刹那就如临仙境。

晋太元中，武陵人捕鱼为业。缘溪行，忘路之远近。忽逢桃花林。夹岸数百步，中无杂树，芳草鲜美，落英缤纷。渔人甚异之。复前行，欲穷其林。

林尽水源，便得一山，山有小口，仿佛若有光。便舍船，从口入。初极狭，才通人，复行数十步，豁然开朗。土地平旷，屋舍俨然，有良田美池桑竹之属。阡陌交通，鸡犬相闻。其中往来种作，男女衣着，悉如外人。黄发垂髫，并怡然自乐。

读陶渊明，有那么一刻，对“生”这件事，心中燃起了从未有过的无限冀望。人生莫过一杯菊花酒，非酽即淡。

这是属于他的重阳。

自怡悦

北山白云里，隐者自怡悦。
相望试登高，心随雁飞灭。
愁因薄暮起，兴是清秋发。
时见归村人，沙行渡头歇。
天边树若荠，江畔洲如月。
何当载酒来，共醉重阳节。

《秋登万山寄张五》

唐·孟浩然

山中何所有，岭上多白云。
只可自怡悦，不堪持寄君。

这是南北朝时期陶弘景的一首诗，题为《诏问山中何所有赋诗以答》。这是陶弘景隐居之后回答齐高帝萧道成诏书所问而写的一首诗。齐高帝劝隐居的陶弘景出山，不知道他对山林之间有何眷顾。陶弘景却作此诗以委婉相拒。

他说，若问我山中有何物令人眷念难舍，大约便是那岭上的白云。生活在这山水林泉之间，好似那山、那水、那林、那泉，以及那万里浮云都是私物。大有以天为盖地为庐的自然之趣。只是这乐趣也不为外人道，唯有自知。于是，他也不会将这清宁无尘的山水之趣赠予他人，似是在替齐高帝惋惜。是，他要的便是弃功名、隐林泉的淡泊生活，丝毫不曾犹疑。

孟浩然《秋登万山寄张五》的首两句便是化用陶弘景的这首诗而来。说匿居于北山白云之间的隐者自有其怡悦生趣。以此二句作引，三四两句开始，方才入了正题。

这日，他试着登高遥望，虽望不见故人，却能举目见飞雁。怔怔地望着那飞雁，一会儿，便觉得自己的心思早已逐飞鸟而去，渺灭在远方。他是怀念他了。张五，即是那隐居襄阳白鹤山的张子容，孟浩然的生死之交。恰逢重阳，孟浩然登高望远自伤情，不禁怀念起情深的故人，心中有些微惆怅。

又道，人的心中若是有愁，估计是因黄昏薄暮而起。若是有兴，大约便是因染了清秋时令的爽朗之气。彼时，他心中则是万千挂念，也不是愁，更谈不上喜。只是想着念着远方故人，不知他是否安好。

立在山上，他时时可见出行一日傍晚归村的人。看见有人行于沙滩，有人歇于渡口。来往的人景且算热闹，除了他一身孤孑的味道。此刻，远看天边树林，渺小似田间荠菜。俯视江畔沙洲，也是弯月一刀，暮色之下，渐渐朦胧。

见眼下情景疏朗，他便忍不住想问：何时你才能携酒来此，与我在这重阳日里开怀共饮？孟浩然与张子容曾是邻居，张子容曾写过“乡在桃林岸，山连枫树春。因怀故园意，归与孟家邻”之类的诗句。

二人又是世交。张子容收录在《全唐诗》里的十七首诗，其中有三首是写给孟浩然的，孟浩然写给

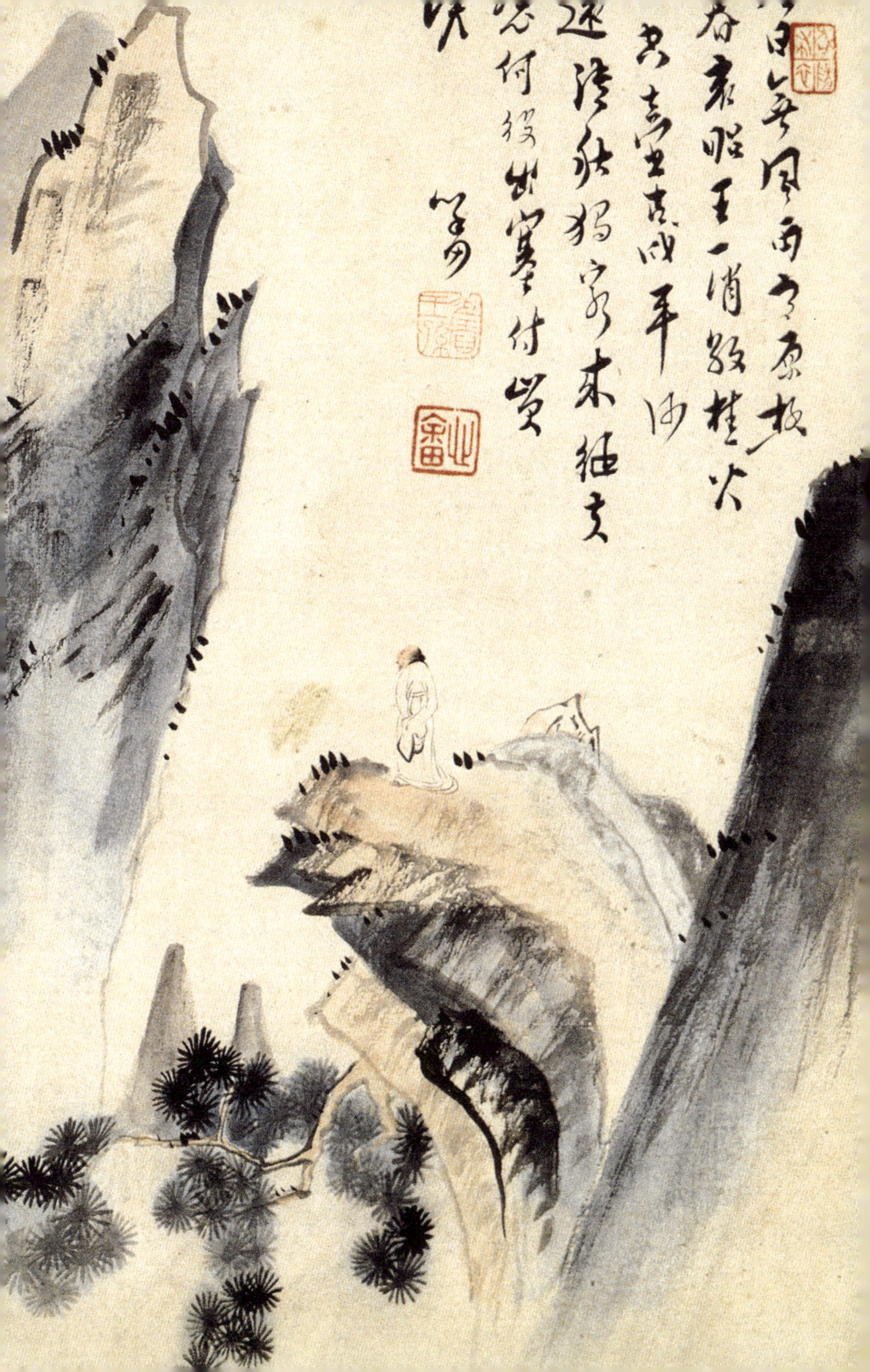

张子容的诗亦达二十多首，由此可见二人之间的情意之深刻。是如此，一生虽短，总有那么几个人是铭刻在心的。

重阳登高是风俗使然，大约始于汉朝。登高怀人是情到浓处的流露，于是历代文人作了不少与之相干的诗文。关于重阳登高最知名的诗莫过于王维的那一首《九月九日忆山东兄弟》。

独在异乡为异客，每逢佳节倍思亲。
遥知兄弟登高处，遍插茱萸少一人。

诗中所提“插茱萸”一事值得一提。

梁朝吴均在《续齐谐记》中记道：

汝南桓景，随费长房游学累年，长房谓曰：“九月九日汝家中当有灾厄，急宜去”令家人各作绛斐囊，盛茱萸以系臂，登高饮菊花酒，此祸可消。景如言”举家登高。夕还，见鸡犬牛羊一时暴死。长房闻之曰：“代之矣。”今世人九日登高饮酒，妇人带茱萸囊，盖始于此。

后人也认为，重阳登高、饮菊花酒，以及女子系茱萸囊于臂上以辟邪去灾的习俗由此而来。王维亦是登高怀远，思念故乡的兄弟。

旧时人心诚挚，心中有思有念，便会吟在口中，天涯亦咫尺。不似今人，时空未远，却是不自觉地生出了重重阻隔，咫尺也天涯。

人心的那些怀念，竟是来去如此匆急。

不知是岁月迷惘，还是往事果真离散。

尽君欢

老去悲秋强自宽，
兴来今日尽君欢。
羞将短发还吹帽，
笑倩旁人为正冠。
蓝水远从千涧落，
玉山高并两峰寒。
明年此会知谁健？
醉把茱萸仔细看。

《九日蓝田崔氏庄》

唐·杜甫

他是真的老了。

杜甫这首《九日蓝田崔氏庄》读了几遍，竟有一种暮沉之气缓缓从诗里漫出来。品得越细，越觉得苍凉。那是一种极致隐忍的伤感。美人尚且会迟暮，何况是男子，更何况是一生舛错不安的杜子美。

他老了，老到沉默无言，眉目之间尽显沧桑。他说，“老去悲秋强自宽，兴来今日尽君欢”。自知年老，却依旧说无碍甚好，让自己宽心待这倏忽即逝的岁月。既逢重阳，便想兴致勃勃地与你（崔氏）尽情讨欢。说是“尽君欢”，怕是这欢，也是欢得勉强。这是首联二句。

颔联写“羞将短发还吹帽，笑倩旁人为正冠”，引了“孟嘉落帽”一典。说年老发少，于是戴帽遮掩，内心有怯。因此风吹帽落之时，他便笑请身边人帮他将帽子扶一扶，正一正。“倩”字在这里是“请，央求（别人）”的意思。写的虽看似简单，却依然有一种辛酸靡绕在其中，亦是隐忍至极的岁衰之怯。

杜甫在此二句中所引典故，其用意与典故本身并无紧密关联。“孟嘉落帽”的典故原本出自《晋书》：“孟嘉为桓温参军，九日游龙山，风至，吹嘉帽落，温命孙盛为文嘲之。”此处，孟嘉落帽是显名士之风流蕴藉的姿态。

杜甫却不然，反其意用之。他想表达的便真的就只是这样一种怯，怕帽落，怕稀短的头发露出一种无可遏制的迟暮萧索之感。别有一番滋味在心头！

颈联二句则是写崔氏庄园之景。

近处是蓝田之水。这水，则是从遥远的溪涧流出，远途辗转，才流至崔氏庄园。清澈澄净，似有清寒之气隐隐渗出。远方是玉山横绝。那山，则是双峰连绵，高耸入云端。远远端凝，朦胧隐约，也似有一种凛冽。正所谓“一切景语皆情语”，纵是山水雄杰，也躲不开深秋之萧瑟。

尾联才是极致的悲切。

竟说，不知明年相会之时，谁还能健在。不见沧桑，不足落笔写出如此读时寥阔豁达、实则伤心欲绝的句子来。虽是醉意微醺，却尚有理智，于是，他念念老，念念苍，便忽自沉寂无声，“醉把茱萸仔细看”。

无言静默，胜过万语千言。这静寂当中，是一种历经沧桑之后的深广忧伤。是在数十年光阴沉淀之后，他内心深处的一种默哀。整首诗在跌宕腾挪之间，铺陈出一种极致的暮沉之叹。叹时岁无序，叹光阴无言。

写重阳，便不得不提杜甫那一首口耳相传的《登高》，与此首《九日蓝田崔氏庄》亦是意蕴相合，皆是表达心花萎枯、落地成灰的悲凉。

风急天高猿啸哀，渚清沙白鸟飞回。
无边落木萧萧下，不尽长江滚滚来。
万里悲秋常作客，百年多病独登台。
艰难苦恨繁霜鬓，潦倒新停浊酒杯。

此诗作于唐代宗大历二年（767 年）秋。彼时，他已是五十六岁的老人，生活极端困窘，于是这首诗句句都是凄哀至极。

生老病死是自然之事，无奈人人都是这浮世之中逡巡而过的凡夫俗子。流光无情，暮年时分，纵是如杜甫一般磊落之人，亦是心下再三惘然。

故园菊

强欲登高去，
无人送酒来。
遥怜故园菊，
应傍战场开。

《行军九日思长安故园》
唐·岑参

行军路上一首诗，道尽他心底千万忧念。

虽尚在行军路上，但他依然想找一处高地登高望远。纵是勉强，也无法止住心中暗涌的伤情。只可惜，登上高处，也不会有白衣人送上酒来。眼目之下，荒芜不见节日景。若是在往年，大约长安城里已是欢声阵阵，家家都在赏菊饮酒闲话家常。

这么一想，他便愈加怀念起长安故园的菊花来。他虽是南阳人士，却久居长安。所以，也道长安为故园。一个“遥”字，一个“怜”字，让铮铮男子心中的那一点温柔顾念毕露无遗。想那清雅繁盛的菊，唯有在烽火硝烟的战场之上，孤自盛开了。

诗歌第二句明显化用了陶渊明的典故，即那首《九日闲居并序》当中所提及的“白衣送酒”一事。此事后来被传为美谈。谈及重阳，众多文人都会忆及陶公此事。

第三句“遥怜故园菊”也是由第二句所引发的。世人皆知，陶渊明爱菊，甚至到了疯癫痴狂的地步。以至于，陶渊明被奉为“菊花花神”。那一句“采菊东篱下，悠然见南山”，不知惊艳过多少世人。

那一年，即唐玄宗天宝十四年（755 年），安史之乱爆发。至德二年（757 年），唐肃宗由彭原行军至凤翔，期间，岑参也随行左右。此诗便作于行军途中。

彼时，定然是风尘黄沙，遍布天涯。国难当头，他心中早已不能周全小家。在陪同唐肃宗去往凤翔的路上，他见路途苍凉无尽，心中自然有万千感慨。是日，又已至重阳节，他心中更是悲从心生。

岑参素来以慷慨豪迈的边塞诗为著。这一首《行军九日思长安故园》也在以重阳入题的诗作中显得大气非凡。它不是寻常的风俗诗，也不是寻常的怀乡思人。它有一种哀伤，却甚是辽阔。

读此诗，仿若心中亦可窥见当年的烽烟，也似是能穿越历史与时光，看见英姿勃发的岑参矗立在遥远的高地之上，蹙眉望远。除却这首《行军九日思长安故园》之外，岑参在这行军途中另有题为《行军诗二首（时扈从在凤翔）》的诗作。

两首诗都写得极为简单、直接、朴素，又是极为悲戚、慷慨、豪烈。他将安史之乱动荡局势之下内心的惆怅、伤愁，化作旷放的诗句吟出来，与历史相映照。

那一种“胡雏尚未灭，诸将恳征讨”的愤然，那一种“平生抱忠

义，不敢私微躯”的激昂，让后世人的惴惴之心惊动不已。所有的金戈铁马，不都藏在少年们曾经的英雄梦想中吗？所有的铁肩道义，不都贯穿在男儿们不忘的雄心壮志里吗？

男子当如是。

附

岑参《行军诗二首（时扈从在凤翔）》

吾窃悲此生，四十幸未老。
一朝逢世乱，终日不自保。
胡兵夺长安，宫殿生野草。
伤心五陵树，不见二京道。
我皇在行军，兵马日浩浩。
胡雏尚未灭，诸将恳征讨。
昨闻咸阳败，杀戮净如扫。
积尸若丘山，流血涨丰镐。
干戈碍乡国，豺虎满城堡。
村落皆无人，萧条空桑枣。
儒生有长策，无处豁怀抱。
块然伤时人，举首哭苍昊。

早知逢世乱，少小谩读书。
悔不学弯弓，向东射狂胡。
偶从谏官列，谬向丹墀趋。
未能匡吾君，虚作一丈夫。
抚剑伤世路，哀歌泣良图。
功业今已迟，览镜悲白须。
平生抱忠义，不敢私微躯。

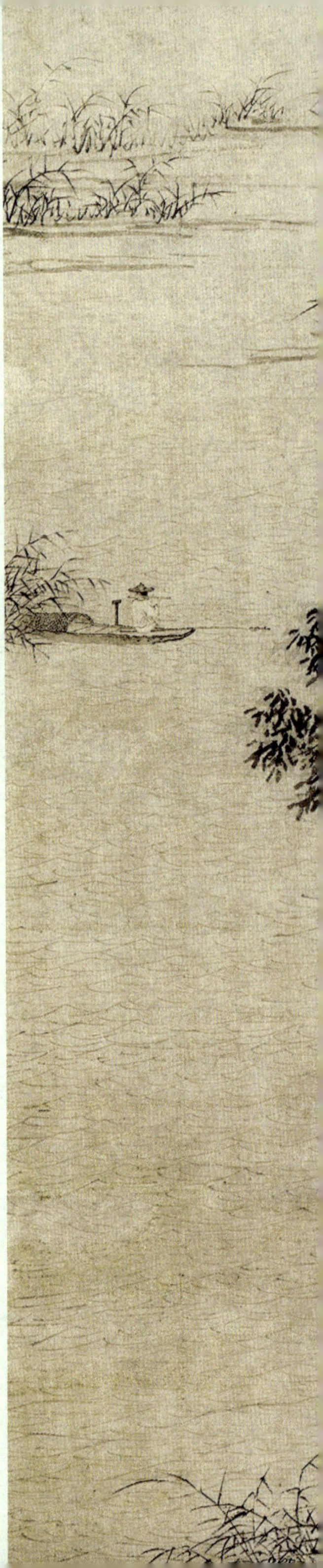

一世豪

飙馆轻霜拂曙袍，
糗餈花饮斗分曹。
刘郎不敢题糕字，
虚负诗中一世豪。

《九日食糕》

宋·宋祁

食糕是重阳节自古以来一个重要的饮食习俗。北方较南方更为盛行。重阳糕有许多种，原型则是汉代的“蓬饵”。蓬饵是掺入菊花制成的一种花糕。《西京杂记》中有相关记载：“九月九日佩茱萸，食蓬饵，饮菊花酒，令人长寿。”

自记事以来，竟从未吃过一次重阳糕。在传统节日的民俗传承渐断的今日，若不是在书中遇到，恐怕一直都会对重阳食糕的风俗毫不知晓。

宋祁的这一首《九日食糕》，诗题再明确不过，是以重阳糕入题的诗作。首句“飙馆轻霜拂曙袍”写重阳这日，他登高望远，却因天气湿寒，衣袍被早霜浸透。

“飙馆”，俗称“九日台”，位于南京梅花山。据明末大思想家顾炎武所撰写的《肇域志》载：“九日台在孙陵岗，上每九月九日，宴群臣讲武，以应金气之节。”孙陵岗因孙权葬于此地得名，即今日南京的梅花山。

然后写“糗餈花饮斗分曹”，说这日他与亲朋饮酒吃糕，在九日台上欢畅宴饮。宴席之后再三三两两分开活动，真是热闹。“糗餈”即“糗饵、粉餈”，是两种重阳糕。

儒家经典《周礼·天官·笾人》曰："羞笾之食，糗饵、粉餈。"东汉末年经学大师郑玄批注曰："郑司农云：'糗，熬大豆与米也；粉，豆屑也；茨字或作餈，为干饵饼之也。'此二物，皆粉稻米、黍米所为也。合蒸曰饵，饼之曰餈。糗者，捣粉熬大豆为饵，餈之黏著以粉之耳。饵言糗，餈言粉，互相足。"

重阳糕除了自家食用外，还有别的功用。馈送亲友，称为"送糕"；请出嫁的女儿回家食糕，称为"迎宁"。这些也是历史悠久的习俗。

因重阳糕典故颇多，于是宋祁因食糕想到了刘禹锡的趣事，说"刘郎不敢题糕字，虚负诗中一世豪"。

这件事大约是这样的。说某年重阳节，刘禹锡与亲朋相聚，饮酒赋诗。因面前有重阳糕，于是他便欲以糕入题作诗，却又迟迟未能成。非是才思阙如，而是因他十分讲究"无一字无来历"，斟酌入微。因知"六经"中没有"糕"字，于是，他未敢断然将"糕"字入诗。

刘禹锡用字谨慎的典故不单只有这一例。唐代韦绚撰写的《刘宾客嘉话录》中"诗用僻字须有来处"一条载：

为诗用僻字，须有来处。宋考功诗云："马上逢寒食，春来不见饧。"常疑此字，因读毛诗郑笺说箫处，注云：即今卖饧人家物。六经唯此注中有饧字。缘明日是重阳，欲押一糕字，寻思《六经》，竟未见有糕字，不敢为之。尝讶杜员外'巨颡坼老拳'疑老拳无据，及览《石勒传》："卿既遭孤老拳，孤亦饱卿毒手。岂虚言哉！后辈业诗，即须有据，不可率尔道也。"

在宋祁眼中，刘禹锡此举非是作诗严谨，而是缺少了苏东坡那一种"无不可入诗"的襟怀，显得唯诺怯然，令他有些失望。所以，才说刘禹锡"虚负诗中一世豪"。

其实，刘禹锡真的是一个心细如尘之人。放到今时，大约也可将之理解为某一种文字上的"洁癖"，而非作文怯懦，也是难得。

不解愁

重阳日，宜州城楼宴集，即席作。
诸将说封侯，短笛长歌独倚楼。
万事尽随风雨去，休休，戏马台南金络头。
催酒莫迟留，酒味今秋似去秋。
花向老人头上笑，羞羞，白发簪花不解愁。

《南乡子》
宋·黄庭坚

这阕词作于1105年，是黄庭坚的绝笔词。苍凉之中尽是荒枯。人生在世，不如意事十之八九。黄庭坚半生飘零，仕途坎坷异常，自“元祐党争”之后屡遭贬谪，孤清至死。到如今，也已是一辈子。

这一年重阳，他在宜州。城楼宴集时，诸将领都欢欣地讨论进爵封侯的事，唯有他不同。他默不作声地从人群中抽离，独自登楼望远。就是这样一个似是热闹却又落寞的重阳节。

他独自倚楼，短笛长奏。也不知那时候，笛音森森入耳时，他的心中是否依旧有那么几个瞬间，记起了盛年时的金戈铁马之心。

但他到底已是不一样了，与当年内心孤愤的青年已大不一样。世事皆尘埃，落在他的眼里，再不能激荡起什么。人是要到了荒凉深处，才能看透，犹如这一年的黄庭坚。他知，一切欢腾喧嚣，繁华纷扰，终将逝去。

在这一句“万事尽随风雨去，休休，戏马台南金络头”中，词人用了一个典故。宋武帝刘裕曾在彭城戏马台举行欢宴重阳的盛会。黄庭坚说，纵然我不如他，他刘裕亦不过是历史书册里的淡淡一笔，轻得不着痕迹，终将无人记起。

淡望一切，也就心无挂碍。如此，他也真是个得了道的人。要历经多少风雨、苦难、坎坷、离错，方能获此认知。道理也许原本便是懂的，只是不够深刻。

所以，他说，就在这一日催酒畅饮吧。酒是知己，其他的都是过眼烟云。纵世道变迁，酒味却是今秋似去秋，一样凛冽爽快。

末一句“花向老人头上笑，羞羞，白发簪花不解愁”，则是化用苏轼《吉祥寺赏牡丹》诗中的两句：“人老簪花不自羞，花应羞上老人头。”这一首《吉祥寺赏牡丹》如下：

人老簪花不自羞，花应羞上老人头。
醉归扶路人应笑，十里珠帘半上钩。

黄庭坚彼时心意开阔，念念往日馀世更是心目开朗了许多。一时兴起，竟插花于头上，似是嬉皮的少年。所以，落笔写了这几句，说那白发上插着的簪花笑他年老不知羞，不懂忧愁。但他哪里是不懂，分明是清清落落地将世事纳于心中。

黄庭坚这阙词作得很妙，似是清越的语词，却在明明灭灭之间藏着禅意。那是一种悲与憾都不能用来描述的清澈的凉。世事不再是负累，功名荣辱也都全然无意。正如前人所解："豪放中有峭健。"字字句句，皆是人生。

不解愁。

独倚楼。

世空空。

此生浮

万里汉家使，双节照清秋。
旧京行遍，中夜呼禹济黄流。
寥落桑榆西北，无限太行紫翠，
相伴过卢沟。岁晚客多病，
风露冷貂裘。
对重九，须烂醉，莫牵愁。
黄花为我，一笑不管鬓霜羞。
袖里天书咫尺，眼底关河百二，
歌罢此生浮。惟有平安信，
随雁到南州。

《水调歌头·又燕山九日作》
宋·范成大

真是时势造英雄。那个乱世里，下至黎民，上至君王，人人皆是凄惶度日。被誉为“中兴四大诗人”之一的范成大，也是一个被历史推至浪尖的人。

那一年，是绍兴三十二年（1162 年），距离岳飞抗金大捷已过去了近三十年。这些年里，金兵的铁蹄挞伐不休，百姓得不到片刻安宁，人人犹似浮萍，惴惴难定。这是一个血痕遍布的绯色时代！

南宋高宗赵构退位之后，他的养子赵昚继位，为宋孝宗。宋孝宗是主战抗金的，但因仓促应战，致使北伐战败。两年之后，宋廷被迫与金签订“隆兴和议”。

虽然在“隆兴和议”当中，宋孝宗提出不再依照“绍兴和议”所约向金称臣，改君臣关系为叔侄之国。原先的“岁贡”改成“岁币”，并减至为年支绢二十万匹，银二十万两。但疆界与绍兴时同，宋军放弃已收复地区，宋孝宗心有不甘。

彼时，虽和议如此，但金宋使臣往来依旧沿用君臣之礼。如此情形之下，范成大被委任出使金国。世人皆知，此行是一趟凶险之旅。范成大亦心知肚明。

这一阕《水调歌头·又燕山九日作》正是范成大临危受命出使金国

路经燕山时所作。告别的那日，正是鞍马秋风，一夜霜凉。

他深知己身重任，真是“万里汉家使”。“双节照清秋”，交代了出行时令。又言“旧京行遍，中夜呼禹济黄流”，只因路过旧都汴京，心中无端生烦闷，满目秋色却只剩凄凉。

路途遥远，西北寒凉。纵是他身着貂裘，也难抵秋风寒露之侵。也因年岁已高，身体羸弱多病，大不如前。虽有秋色在伴，却无心欣赏，一路心荒。

是日重九。他心中甚为惆怅，国事家事事事撕心。借酒消愁，只为贪欢一晌。且不管两鬓飞霜，不管病老沧桑，只在此，借东风，对黄花，饮畅酣。国书在袖，眼下是江山大河，飘摇国祚，他活在这乱世，此去亦不知是福是祸，唯愿寄家书一封到南州。

一去千万里，前途未卜。一切私情私愿也都似花落成灰。逢此乱世，皆无意义。知他者谓他心忧，不知他者谓他何求。

腊日

且喜云山来故人

农历十二月初八为腊日，又被称为腊八节。
有打猎、腊鼓逐疫、喝腊八粥等风俗。
腊本为岁终的祭名。
自古即有年末祭祀庆丰收的习俗。
汉代蔡邕《独断》记：“腊者，岁终大祭。”是为“腊祭”。
汉代以前，腊祭只在腊月，具体日期不定。
后来，到南北朝时期由于佛教的介入，腊日才开始固定在腊月初八。

晓风吹

明朝游上苑，
火急报春知。
花须连夜发，
莫待晓风吹。

《腊日宣诏幸上苑》
唐·武则天

公元690年，武则天自立为武周皇帝。改国号为“周”，定都洛阳，并号其为“神都”，史称“武周”。彼时，她已是君临天下的绝代女帝。此诗看似武则天随性之作，却又充满神话色彩。诗的背后实则是一种霸气十足的帝王之姿。

铿锵凛冽，慑人心魂。

她说明日要去游上林苑，因此命人立刻去通报春之神。须让百花头一夜盛放，绝不可等到次日晨风吹拂时。如是，原本也是颇有情致的一首诗，却单因“武则天”三个字即变得凌厉、霸气。一口气读完，便有一种卑意在心头。似是她真就立在前头，颐指气使却不动声色，令人生畏。

关于这首诗，有这样一段传说。相传，彼时正值武周执政第二年，政局尚未完全安定下来，仍有不少李唐忠臣反对武氏，伺机反武。是年腊日将近，众大臣诈称上林苑百花齐放，便邀武则天去上林苑赏花，欲趁机谋害她。

武则天心思慎微，洞若观火，于是将计就计，说腊日要去上林苑观花，命人通报于花神，令百花于寒冬腊日齐放。于是次日，上林苑竟果真百花齐放。众臣见状皆大惊，本是惊心筹谋的一场骗局，竟见有

仙神助武，终无不臣服。即是说，此诗诗名是虚，下诏为实。以诗下诏，既可掩人耳目，亦能下达命令，一举两得。

我却以为这不过只是后人的牵强附会，不足为信。正如《全唐诗》在收录此诗时所下题解：

天授二年（691 年）腊，卿相欲诈称花发，请幸上苑，有所谋也。许之，寻疑有异图，乃遣使宣诏云云。于是凌晨名花布苑，群臣咸服

其异，后托术以移唐祚，此皆妖妄，不足信也。

此诗被收录于《全唐诗》卷五，作者署名是武则天。但这是否属实，备受争议。有人以为，此诗并非出自武则天之手，而是由学士代笔。且诗本身与腊八节关联不大。

因读史书，知百家之言不一，却也留下了武则天残虐暴戾的印象。

她本是寻常女子，却是两朝妃子，一国之后。数年更迭，竟翻手为云覆手为雨，成就武周霸业，成为中国历史上的唯一女皇帝。

由此诗生发的故事与传说比比皆是。最知名的大约是冯梦龙的《醒世恒言》当中以此诗为引杜撰的小说《灌园叟晚逢仙女》。小说许多地方与史实不一，破绽较多，亦不足为凭。但故事本身却是生动传神，花气清扬。

小说的主角叫秋先。人虽质朴，却是爱花成痴，自号灌园叟。凡遇得美艳良花，必然设法买下。困窘时，宁愿典当衣物来换花，令人瞠目。于是，时年一久，秋先的家中便自成一座花园。也是因为这花园太嚣艳，便遭人眼红。

冯梦龙写道：

那园周围编竹为篱，篱上交缠蔷薇、荼蘼、木香、刺梅、木槿、棣棠、金雀，篱边撒下蜀葵、凤仙、鸡冠、秋葵、莺粟等种。更有那金萱、百合、剪春罗、剪秋罗、满地娇、十样锦、美人蓼、山踯躅、高良姜、白蛱蝶、夜落金钱、缠枝牡丹等类，不可枚举。

真是媚艳至极，令人欣羡。

那日，恶少张委见秋家有繁艳花束，便顾自闯入胡乱采摘。秋先上前阻止，却令张委恼羞成怒，命随从将秋家百花砸烂。

张委离去之后秋先悲痛难当，恸哭不已。这一哭，便感动了花神，百花死而复生。后来，张委得知此事，便诬告秋先乃是妖人，致使秋先遭遇牢狱之灾，张委也顺势霸占了秋家花园。却不料那日，花神震怒，于是园中狂风四起，将恶少张委与一干爪牙刮入粪窖溺毙。

将此诗与洛阳牡丹一并关联杜撰，虽未可信，但也不失艳丽纷然。若是腊日家常闲话时，听人兴然说来，也是不错。若你心有百花，我愿送你一枝，插在你素色碎花窗帘前的青玉花樽里，让改日登门的那人，和你一起，为它写诗。

目如电

山头曈曈日将出，山下猎围照初日。
前林有兽未识名，将军促骑无人声。
潜形踠伏草不动，双雕旋转群鸦鸣。
阴方质子才三十，译语受词蕃语揖。
舍鞍解甲疾如风，人忽虎蹲兽人立。
欻然扼颡批其颐，爪牙委地涎淋漓。
既苏复吼拗仍怒，果叶英谋生致之。
拖自深丛目如电，万夫失容千马战。
传呼贺拜声相连，杀气腾凌阴满川。
始知缚虎如缚鼠，败冠降羌在眼前。
祝尔嘉词尔无苦，献尔将随犀象舞。
苑中流水禁中山，期尔攫搏开天颜。
非熊之兆庆无极，愿纪雄名传百蛮。

《腊日观咸宁王部曲娑勒擒虎歌》

唐·卢纶

这首诗，是卢纶为赞美其府主咸宁王浑瑊所写的诗作。写的是腊八日咸宁王府狩猎之时，咸宁王的部将伏虎之事。写得壮阔，写得豪烈，十分生动。

前八句写伏虎之前的事。太阳将出未出之时，日光微露，便已将山头晕染成一片绯红。伴随着旭日初升，咸宁王府的狩猎活动业已有条不紊地开始了。

彼时，天地之间一片新生的温煦之光。狩猎伊始，前方便有部将传来消息，说即刻便已发现了猎物。于是，浑瑊便催马朝前，领军搜捕，其余众人则严阵以待。霎时间，四下里悄无声息，静寂得令人心颤。

只见那猎物趴在草丛之中，纹丝不动。恰在此时，天上传来鸟鸣，是一双大雕盘旋空中，惊得群鸟乱鸣。气氛也在这种无声对峙当中愈发地紧张起来。

将士靠近之后才发现，此猎物竟乃一头彪壮猛虎。也正是如此，却更加激起了浑瑊的雄心。待时机成熟，他便发布了捕虎之命。在诗人眼里，浑瑊真是一个胸襟枭烈之人。

再到中间八句，则是写伏虎之中的事。得浑瑊之令后，那受命的部将以如风之速下马解鞍，然后靠近猛虎。只道是“人忽虎蹲兽人立”。人作“虎蹲”，蓄势捕虎，虎作“人立”，蓄势袭人。真正是进入了人虎对峙的险迫之时。

忽然，那捕虎猛将以迅雷不及掩耳之势扑向猛虎，迅速地抓住虎颚，猛击老虎面部。“欻然”即忽然之意。颡是额，颐是面。一番厮打之后，那将士竟将老虎打得爪牙落地，口涎四流。真是威猛！

但他只要稍一松手，那虎便猛地发了力，挣扎着，怒吼着，声若天雷。人虎纠缠几番，那猛虎终不敌壮士，气力耗尽之后匐倒在地。至如此地步，部将方才依照浑瑊之意，将老虎活捉起来带走。一切都在浑瑊的预料之内。

只是，那虎被众人拖拽离开之时，虽已气虚，却依旧目露凶光，如炬如电。一时间，人马竟皆战栗不安。到底是敌不过那凶恶目光，到底是一头百兽之王，即便命悬一线，圆睁怒目的模样仍是霸气依然。

可以想见伏虎之后的威壮场面。狩猎初战，伏虎告捷。众将士欢声连连，一起朝浑瑊拜贺。霎时，军阵士气激昂壮阔，正有“杀气腾凌阴满川”的气势。最后这十句就是写伏虎之后的事。

“始知缚虎如缚鼠，败冠降羌在眼前”二句，说的是那勇猛将士伏虎之时犹若缚鼠，真是神勇无双之人。写及此处，诗人浮现出当年他浴血杀敌之时，败寇降将戚戚然立在他面前的模样。

末六句，诗人换了一个语境，写人与虎对话，一笔宕开，深阔了诗意。人对虎说，你无须苦恼，只不过是去往京城与犀象一起舞蹈。虽是入禁苑，但禁苑之中亦有山水横绝，大可逍遥过活。唯愿，你能崭露头角，博龙颜一笑。最后一句“愿纪雄名传百蛮”，则一语道破了诗意。一切功绩，都只为赞美浑瑊。

此诗写得雄浑壮阔，主旨亦鲜明，是要作诗赞浑瑊。浑瑊不单是诗人的府主，亦是大唐英雄，功勋卓著。说他之于皇帝，似吕尚之于文王，也不为过。《六韬·文韬·文师》记：

文王将田，史编布卜曰：“田于渭阳，将大得焉。非龙非螭，非虎非罴，兆得公侯，天遗汝师，以之佐昌，施及三王。”文王曰：“兆致是乎？”史编曰：“编之太祖史畴，为禹占，得皋陶兆比于此。”文王乃斋三日，乘田车，驾田马，田于渭阳，卒见太公，坐茅以渔。

后二人详谈甚欢，“乃载与俱归，立为师。”

狩猎，是腊日的重要习俗之一。腊日因有腊祭，于是，需要狩取野兽作祭，便有了腊日狩猎一习俗。

东汉人应劭所著的《风俗通》中记载：

《礼传》：腊者，猎也，言田猎取禽兽，以祭祀先祖也。或曰：腊者，接也，新故交接，故大祭以报功也。

八日粥

腊月八日粥，传自梵王国。
七宝美调和，五味香糁入。
用以供伊蒲，藉之作功德。
僧尼多好事，踵事增华饰。
此风未汰除，歉岁尚沿袭。
今晨或馈遗，啜之不能食。
吾家住城南，饥民两寺集。
男女叫号喧，老少街衢塞。
失足命须臾，当风肤迸裂。
怯者蒙面走，一路吞声泣。

问尔泣何为，答之我无得。
此景亲见之，令我心凄恻。
荒政十有二，蠲赈最下策。
悭囊未易破，胥吏弊何极。
所以经费艰，安能按户给。
吾佛好施舍，君子贵周急。
愿言借粟多，苍生免菜色。
此去虚莫偿，嗟叹复何益。
安得布地金，凭杖大慈力。
眷焉对是粥，跂望丞民粒。

《腊八粥》
清·李福

李福是一位不涉官场的书画家，是心怀天下之人。这一首《腊八粥》，文词虽然简单，却是一首难得的诗作。它不单记录了腊八粥的起源和制作方法，还针砭时弊，借腊八粥引出了对一系列社会问题的叩问。

开篇两句“腊月八日粥，传自梵王国”，道出腊八粥的来源。说腊月初八所食的腊八粥，来自佛教之国。接着两句“七宝美调和，五味香糁入”，写腊八粥的做法。腊八粥需要用七种珍宝来调和，五种香味的谷粒来掺入，才可制得。

随后“用以供伊蒲，藉之作功德”两句，是写腊八粥的用途。说腊八粥起初是被僧人用来供奉佛祖的。但僧人们也会用腊八粥来救济饥民，以积福、积功德。时日长久，竟也成为习俗。并且，即便是收成不好的光景，寺庙里赠食腊八粥的事也不会中断。

这一年腊八节，寺庙门口一如往常，仍有腊八粥施舍。但诗人端起面前的腊八粥，迟迟无法下咽。只因他家住在京城南面，可目睹聚守在寺庙门前等待施舍的苦命人。有男人，亦有女人；有老人，亦有少年。芸芸饥民将街道挤得水泄不通，凄惨的叫喊声，更是震人心碎。

腊月深寒，饥民一排排立在寒风当中，皮肤皴裂，形容憔悴，触目惊心。若是在排队的人群里不小心跌倒，定会在这人满为患的街道丧命。当中也有胆怯的人泣声连连，遮面而行。去问他原因，方知未得粥粮，绝望而泣。如此景况，他不觉赈济是好，反觉场面凄凉，甚是辛酸。

民不聊生的现状令他不得不忧思忡忡，他沉吟道：诸般惨况，都是因为“荒政十有二，蠲赈最下策。悭囊未易破，胥吏弊何极”。

救济灾荒有十二种措施，蠲赈却是下下之策。因为，如此政策之下，吝啬之人不肯捐助，官吏贪污之弊端亦无人监管。最终便会致使救济的经费不足，又不能按户分配，也就无法达到救济的目的。

所谓“吾佛好施舍，君子贵周急”，他只愿可以多筹得粮食来救济苍生。“安得布地金，凭杖大慈力”是朝廷需要解决的核心问题，是刻不容缓的。真是警世良言！

此处，再借由此诗来说一下腊八粥与佛教的关系。佛经当中有相关记载。相传，释迦牟尼在成佛之前，出家修道，苦行六年。后来因长年饥饿，形容枯槁，身体脆弱不堪，却依旧未能悟得生命奥义。一日，一名牧女为他送来一碗乳糜，乳糜即是奶粥。释迦牟尼食后，渐渐恢复了体力。

之后，他便去往河中沐浴，洗尽了身体的污垢，又渡过尼连禅河，走到迦耶山附近的菩提迦耶。最后，释迦牟尼在一颗菩提树下静坐七日，悟道成佛。

释迦牟尼成佛之日，正是腊月初八。于是，中国佛教便认定释迦牟尼成佛日为腊月初八，将腊月初八定为“成道节”。以后每逢此日，各大寺院均会效仿当年牧女献乳糜之事，以各种香谷、果实煮粥供佛，称为“腊八粥”。

关于腊八粥的做法，清人富察敦崇在《燕京岁时记·腊八粥》记载道：

腊八粥者，用黄米、白米、江米、小米、菱角米、栗子、红豇豆、去皮枣泥等，合水煮熟，外用染红桃仁、杏仁、瓜子、花生、榛穰、松子及白糖、红糖、琐琐葡萄，以作点染。

冰心曾写《腊八粥》，说：

这腊八粥是用糯米、红糖和十八种干果掺在一起煮成的。干果里大的有红枣、桂圆、核桃、白果、杏仁、栗子、花生、葡萄干，等等，小的有各种豆子和芝麻之类，吃起来十分香甜可口。母亲每年都是煮一大锅，不但合家大小都吃到了，有多的还分送给邻居和亲友。

母亲说：这腊八粥本来是佛教寺煮来供佛的——十八种干果象征着十八罗汉，后来这风俗便在民间通行，因为借此机会，清理厨柜，把这些剩余杂果，煮给孩子吃，也是节约的好办法。

记得《红楼梦》第十九回里贾宝玉编了一出林子洞里耗子精变香玉的事来逗林黛玉开心。他说：

林子洞里原来有群耗子精。那一年腊月初七日，老耗子升座议事。因说："明日乃是腊八，世上人都熬腊八粥。如今我们洞中果品短少，须得趁此打劫些来方妙。"乃拔令箭一枝，遣一能干的小耗前去打听……

于是，即有了后来小耗子借变香芋之名变出林家小姐谓之"香玉"一事。也真冶艳浪漫，正合了那一句"情切切良宵花解语，意绵绵静日玉生香"。

除夕

美酒一杯声一曲

农历十二月三十日为除夕。
有守岁、吃年夜饭、击钟分岁、放爆竹等风俗。
源于先秦时期的“逐除”。
先秦时期，每年年光将尽之时，
皇宫之中会举行名为“大傩”的仪式，
击鼓驱逐疫疠之鬼，成为“逐除”。
“除夕”这一名称，始见于西晋周处的《风土记》。

惨风尘

闲居寡言宴，
独坐惨风尘。
忽见严冬尽，
方知列宿春。
夜将寒色去，
年共晓光新。
耿耿他乡夕，
无由展旧亲。

《于西京守岁》

唐·骆宾王

骆宾王因除夕孤寡一人心绪寂寥，而作这首《于西京守岁》。这是一首当下之诗，并无深意，却犹如一记谶语，成了骆宾王这一世舛错流离的写照。是年，母亲去世。所遇人间之至痛，莫过于此。他心中郁结，无处可抒。然而时光依旧，旧年过掉，新年到。

他只是尘世里的过客，无人问津。闲居在家已是多日，寡言少笑，实在也找不出什么欢喜的由头。他常常独自坐着，也不说话，更无心看那帘外的冬景。只是想着，母亲这一去，自己也心空如井，满是凄凉回音。

除夕夜，他独自守岁，眼见夜色将消，寒气渐去，新年在即，晨光亦是焕然一新。时岁更迭的光景，最易令人感伤。“忽见严冬尽，方知列宿春。”他也意识到，既已是除夕，严冬将尽，春日也就不远了。

除夕夜，本应团圆，举家欢喜，言笑晏晏。他却客居异乡，独自一人，无人相伴。母亲一去，更是无亲可依，失了那份本应拥有的温存圆融，倍是凄凉。每逢佳节倍思亲，实乃常情。他纵有骄骋之才，也终究不过是个寻常人。

骆宾王，字观光，出生在乌伤城北的骆家塘。与王勃、杨炯、卢照邻合称“初唐四杰”。其天赋异禀，似是天生就作得一手好文章。

他自幼能文，七岁时便作了那一首流传千古的《咏鹅》：

鹅，鹅，鹅，曲项向天歌。
白毛浮绿水，红掌拨清波。

以七岁孩童之眼看鹅，生动至极。首句连用三个“鹅”字，对鹅的喜爱之情表达得甚为到位和别致。似是有孩童伸手遥指，脱口便唤了三声“鹅”，然后众人侧目。

唤鹅作何？他便接下后面三句。原来他是要说它正在向天曲项高歌。不仅如此，又说它的形容与动作。见它白色之羽，轻浮绿波之上；见它鲜红掌蹼拨动清水前行。细致入微，且颇具美感。

数年之后，他出落成满腹经纶的翩翩少年。后来进京赶考，却也单纯，空有一身才华，却不谙人情世故，加上出身低微，更是不愿流俗。始终清正自持，最终名落孙山，未能雁塔留名。骆宾王曾作长诗《畴昔篇》追溯一生缘历。在这首带有自传性质的长诗的开头，他便有如下描述，大约说的就是进京应试的事：

少年重英侠，弱岁贱衣冠。
既托寰中赏，方承膝下欢。

遨游灞陵曲，风月洛城端。

且知无玉馔，谁肯逐金丸？

几年后，历经艰辛，终在长安出仕。但他处世行事，刚正不阿，崇义节，轻权诈，因遭人排挤，最终罢官离去。他也是有一丝运气的，恰巧被道王李元庆看重，担任其属官，过了几年舒心日子。但当时律法规定，在亲王府上任职有时间限制。所以，三年之后，骆宾王卸任回家，彼时他竟也再无谋仕之心。

接下来的日子十分清静悠闲。起先他也觉得生活一切安稳，虽然清苦，也是无碍。只是时间久了，仅仅依赖几亩田地，生活终究难以为继。于是，在他四十九岁时，为生计所迫，竟又重上长安，企图谋仕。

也因他尚有才，虽年纪已大，但还是通过了对策考试，得来一个九品小官，且属三十官阶中的第二十九阶，品级极低。不过骆宾王到底是盛名在外，不久便兼任了东台详正学士。

之后，边疆遇乱，他却心生抱负，以五旬老身罢官从军。却不料到头来，竟只落得一个从军是功，罢官是过，功过相当的结局。得来的依旧只是个九品小官。若是如此，也算是好。他十年宦海沉浮，自是心意通透，看穿一切浮华。若能微官养母，也是心愿得现。

然而，命运之诡谲从不休止。后来，骆宾王被调升为明堂县主簿。彼时，他上面无老，亦无牵挂的人。做人办公依然持守数十年来的原则，刚正不阿。时常谏言，揭发权贵罪行。如是，势必会得罪大批权贵，招致怨恨。最终，他便被人陷害入狱。

至此，骆宾王彻底心灰意冷，对现实、对社会、对官场失望至极。在狱中时，其思想也渐渐发生变化。出狱后不久，他便走上了扬州起兵的道路。

武则天光宅元年（684 年），唐将领徐敬业起兵讨伐武则天。骆宾王为徐敬业起草了著名的《为徐敬业讨武曌檄》。传世名句“一抔土之未干，六尺之孤何托”，正是出自此文。

相传，当年武则天读到这两句时，也是内心惊动，并责问宰相，为何不早早重用此等才情夐绝之人。武则天的这句话与骆宾王寥落的一生一对照，竟成一种讽刺。最后，起义失败，一干人等均被诛杀。骆宾王亦在其列。但此说也非绝对可信。

关于骆宾王的结局，较可信的说法是兵败逃亡。至于逃往了何地，却是不得而知。因此，后人便又有一说流传甚广。说骆宾王最后匿名在灵隐寺出家为僧，清寂度日，了却余生。这个结局颇有几分味道，也甚合文人墨客之雅兴。

都是了断，如此甚好。

多叹息

南山截竹为觱篥，此乐本自龟兹出。
流传汉地曲转奇，凉州胡人为我吹。
傍邻闻者多叹息，远客思乡皆泪垂。
世人解听不解赏，长飙风中自来往。
枯桑老柏寒飕飗，九雏鸣凤乱啾啾。
龙吟虎啸一时发，万籁百泉相与秋。
忽然更作渔阳掺，黄云萧条白日暗。
变调如闻杨柳春，上林繁花照眼新。
岁夜高堂列明烛，美酒一杯声一曲。

《听安万善吹觱篥歌》
唐·李颀

除夕夜里，他听安万善吹觱篥（即筚篥）歌。

情之所至，作下这首诗。

先是介绍觱篥的质地与来由。觱篥，从西域龟兹传来。“觱篥者，本龟兹国乐也，亦曰‘悲栗’，有类于笳”。传入汉地之后，觱篥歌的曲调也发生了一些变化，更为清透和新奇。今晚这一支是由南方所截来的竹子所制。到底是胡人所擅，故除夕这夜，演奏觱篥之人便是胡人安万善。

曲子甚是哀伤。闻者伤感，时有叹息。亦有客居者，听到此哀伤乐曲更是难抑情绪，暗自垂泪。无奈，世人听它，都是只闻其声，听那曲中哀情，并不多虑。却是无人欣赏觱篥乐曲本身，真是冷落孤清了这乐音。

李颀是好乐者，其中奥妙他自有一番领悟。是夜，他便除去心中杂念，不为俗世情绪所牵，单单只是静心听音。这样的轻灵之乐，他愈听愈醉。

那乐音，一听，好似寒风吹动枯桑老柏发出的飕飕之响；二听，又好似凤生九子，各发雏音的啾啾之声；三听，也有龙吟虎啸时发出的深阔雄伟之声势；四听，更觉是万籁百泉齐流的杳渺秋音。

忽而，乐音一变，变作了沉着的《渔阳掺》。那声音低沉浑厚，有一种金沙漫天、云荒日暗的绵重。再一变，又变作了欢快的《杨柳枝》。那声音又是喜气勃勃的，有一种春日游上林，百花照眼新的清悦。这觱篥之音，果真是曼妙至极。

李颀是真的爱乐之人。除了这一首《听安万善吹觱篥歌》，更有《琴歌》与《听董大弹胡笳声兼寄语弄房给事》两首诗，发内心所喜，写乐音之魅。就是这样的风雅一夜。高堂明烛之上，喝酒赏乐，守岁一宿，好不快活！

附

李颀《琴歌》

主人有酒欢今夕，请奏鸣琴广陵客。
月照城头乌半飞，霜凄万木风入衣。
铜炉华烛烛增辉，初弹渌水后楚妃。
一声已动物皆静，四座无言星欲稀。
清淮奉使千余里，敢告云山从此始。

李颀《听董大弹胡笳声兼寄语弄房给事》

蔡女昔造胡笳声，一弹一十有八拍。
胡人落泪沾边草，汉使断肠对归客。
古戍苍苍烽火寒，大荒沉沉飞雪白。
先拂商弦后角羽，四郊秋叶惊摵摵。
董夫子，通神明，深松窃听来妖精。
言迟更速皆应手，将往复旋如有情。
空山百鸟散还合，万里浮云阴且晴。
嘶酸雏雁失群夜，断绝胡儿恋母声。
川为静其波，鸟亦罢其鸣。
乌孙部落家乡远，逻娑沙尘哀怨生。
幽音变调忽飘洒，长风吹林雨堕瓦。
迸泉飒飒飞木末，野鹿呦呦走堂下。
长安城连东掖垣，凤凰池对青琐门。
高才脱略名与利，日夕望君抱琴至。

独不眠

旅馆寒灯独不眠，
客心何事转凄然？
故乡今夜思千里，
霜鬓明朝又一年。

《除夜作》
唐·高适

除夕夜，他夜宿旅馆。

却是伤感，却是凄凉。

除夕夜，他却未能与家人围炉而坐，只是孤自一人在异乡旅馆寒宿。如此良辰，却是一人，纵心骨铮铮，也还是会伤感的。所以，他便忍不住说：“旅馆寒灯独不眠，客心何事转凄然。”

独自在清寒旅馆里，面对寒灯一盏，睡意全无。别处是烟花绽放，灯火通明，欢声笑声阵阵，他实在难有睡意。羁留在外，却是因何深感凄凉？

于是，他作“故乡今夜思千里，霜鬓明朝又一年”二句来答。心中凄凉，是因思乡，是因念家。那一颗心，也就不在当下，早已飞至千里之外的故乡了。况且如今，他也已年岁渐高，所以，除夕之后的新日来临，于他而言，也只不过是徒增华发的日子。又是沧桑一年，如此一想，心下更是凄然。

高适是著名的边塞诗人。平常，心中、诗中都有一种豪烈之气，雄浑悲壮之风。但此诗例外。也是，即便再如何铿锵的男子，内心深处大约都有一个脆弱孩童存在，也是需要温柔，需要温暖，需要人来牵念的。

高适字达夫，一字仲武，渤海蓨（今河北景县南）人。少年初至长安，却怀才不遇，谋仕未果。后来北上，漫游燕赵，躬耕自给。在边塞地区多年，希冀寻得机遇施展抱负，也是未得。最终只是孤身潦倒。直到年近五旬才由宋州刺史张九皋推荐，举有道科，任封丘尉。

此诗是高适于唐玄宗天宝九年（750年）除夕所作。彼时，高适正以封丘尉骑乘送兵至范阳清夷军，归来时恰逢除夕。于是，除夕夜宿旅馆，心中慨然，作下此诗。

高适的诗现实主义多于浪漫主义，有雄厚浑朴之风，笔势豪健。只是此诗例外，有一种凄幽之情在其中，却也是妥帖。

除夕思乡，是文人情结。不少诗词都以此情入题，尤以唐代诗人戴叔伦的《除夜宿石头驿》和宋代词人秦观那首《阮郎归·湘天风雨破寒初》最妙，值得一提。

旅馆谁相问？寒灯独可亲。
一年将尽夜，万里未归人。
寥落悲前事，支离笑此身。
愁颜与衰鬓，明日又逢春。

此诗为戴叔伦所作的《除夜宿石头驿》，其意境与高适的这首《除夜作》有异曲同工之妙：是一种情思，两种风骨；是花开两树，各有其妙。此诗作于诗人晚年任抚州（今属江西）刺史时期。

也是在归家途中，也是因道路遥远，未能及时赶回家中，所以，除夕这夜便只能寄宿途经的石头驿。异乡旅馆，独自一人。“旅馆谁相问，寒灯独可亲”，唯能与寒壁孤灯相伴，真是寥落！

岁末之夜，他竟成异乡未归之人，一切欢愉也就与他没了关系。本是举家欢聚的除夕夜，他却依旧奔走在路上，归家不及。长夜枯坐，举目无亲。彼时，诗人又已是劳累病身，便更觉寒苦。道一句“寥落悲前事，支离笑此身”，笑是苦笑，笑得痛身。实在是蚀骨之句。

他也叹自己年衰，纵新旧年光更迭，于他而言，也是愁颜衰鬓不能改，便更觉凄恻。此诗之凄然与高适的《除夜作》实在是两处郁思，一种闲愁。

再说秦观词：《阮郎归·湘天风雨破寒初》。秦观虽名动天下，却直到三十六岁才进士及第，当官不久又屡遭贬谪，最终客死流放途中，实是一生悲凉。这首词便是秦观被贬时的岁末之作，也恰逢除夕，便悲伤人心。

茗南亚鑑

湘天风雨破寒初，深沉庭院虚。
丽谯吹罢小单于，迢迢清夜徂。
乡梦断，旅魂孤。峥嵘岁又除。
衡阳犹有雁传书，郴阳和雁无。

上阕尚是述景，纵是苍凉，却仍有余地。下阕单单“乡梦断，旅魂孤”六字便是到了极致的一种悲。“峥嵘”，意为不寻常，此处有坎坷之意。就在这般孤苦境遇里，送走了坎坷旧年，迎来前途未卜的新岁，也是无法心安。

又，郴阳无雁传书，与家中也是音信久疏。这一反一复中，真是万世凄凉。全词语虽淡，意却甚浓。除夕一夜，纵隔千山，纵隔万水，他们客居异乡，却能心意相通：都是夜阑独醒、断崖独坐、满心寂寥的凄心人。

尽今夕

欲知垂尽岁，有似赴壑蛇。
修鳞半已没，去意谁能遮。
况欲系其尾，虽勤知奈何！
儿童强不睡，相守夜欢哗。
晨鸡且勿唱，更鼓畏添挝。
坐久灯烬落，起看北斗斜。
明年岂无年？心事恐蹉跎。
努力尽今夕，少年犹可夸。

《守岁》

宋·苏轼

所有，都是与守岁有关。

这年除夕，苏轼作了《守岁》。他以蛇为喻，将光阴比作蛇，形容时间难以留捉。他说，要知这逝去的时岁犹如钻进山洞的蛇。大半身都已入洞，去意已决，无人可阻，何况只是抓住蛇尾，纵是再勤快也是枉然。真道是，流年似水，一去不回。

全诗大约可以分为三节。前六句为一节，中间六句为一节，最后四句为一节。第一节过后，笔调一转，便开始写真切的除夕之夜。大人小孩的心意都写得十分到位。

孩童心里欢喜，自然不肯去睡。即便困意难当，也是执拗不愿。只是迷恋那一夜喜乐，不倦不怠地守岁消磨。读到“儿童强不睡，相守夜欢哗”一句时，心里也是一阵欣喜。似是有甜悦的溪水漫过，少年依约，对岸即是幼年光景，怡然欢快。

小时候，每逢除夕，也是这般。喜闹岁，迟迟不愿去睡。母亲相伴至午夜，便叫父亲去门前放爆竹以迎新岁。也总是坚持到凌晨，却到底是年幼身弱，最终总是不自知地倒在母亲怀里睡去。次日醒来还会嗔怪母亲没有及时将自己唤醒，吵嚷不肯罢休。

苏轼写这两句时，脑中所忆及的，大约也是这般景况。痴闹的孩童欢喜达旦，好不快活。作此诗时，苏轼尚年轻，于是便推断，孩童非是己出，理应只是客观描摹。大约是怀念故乡旧俗。

接下来的四句，将守岁人的心理刻画得入木三分。“晨鸡且勿唱，更鼓畏添挝”，说守岁人希望公鸡暂且不要鸣叫，希望黎明来得晚一些，也不忍再听更鼓一敲再打。这背后不过只是一颗隐隐有忧，担心时间过去，唯愿光阴绵长的心。

且这守岁，一坐便是好几个时辰，坐到灯花落尽，守岁人方才起身去看业已偏移的北斗星。眼看新年将至，心中自然静默欢喜，但旧岁将逝，大约也心生出了几分寥落。“明年岂无年？心事恐蹉跎。努力尽今夕，少年犹可夸。”

是说时光如烟水，悠悠漠漠。但人终其一生，所拥有的年岁也不过那么一点。虽来年尚有时间，却心里担忧，恐年事蹉跎。如此，守得今岁也是好，看时光从指尖漫过，不漏分秒。对时光敬重，也是少年志气，犹可夸。

这首《守岁》是苏轼写给苏辙的诗，作于宋仁宗嘉祐七年（1062年）岁末。彼时，苏轼孤身在凤翔，年终欲回汴京与家人团聚却不得。如是，便作了三首诗给苏辙，以诉内心清凛情意。另外两首诗题为《馈岁》《别岁》。

农功各已收，岁事得相佐。
为欢恐无及，假物不论货。
山川随出产，贫富称小大。
置盘巨鲤横，发笼双兔卧。
富人事华靡，彩绣光翻座。
贫者愧不能，微挚出春磨。
官居故人少，里巷佳节过。
亦欲举乡风，独唱无人和。

是为《馈岁》。所谓“馈岁”，就是在岁末时互相问候。此诗原有题注：岁晚相与馈问，为馈岁；酒食相邀，呼为别岁；至除夜，达旦不眠，为守岁。蜀之风俗如是。余官於岐下，岁暮思归而不可得，故为此三诗以寄子由。

故人适千里，临别尚迟迟。
人行犹可复，岁行那可追。
问岁安所之，远在天一涯。
已逐东流水，赴海归无时。
东邻酒初熟，西舍彘亦肥。
且为一日欢，慰此穷年悲。

勿嗟旧岁别，行与新岁辞。
去去勿回顾，还君老与衰。

是为《别岁》。所谓“别岁”，是指在新年到来之前，亲朋、邻里间互相宴请，酒食相邀。

得苏轼三首诗之后，苏辙也作了《次韵子瞻记岁暮乡俗三首》，以和长兄。与除夕有关的风俗诗甚多。南梁诗人徐君倩所作的题为《共内人夜坐守岁》可能是最早以除夕入题的诗作。其诗云：

欢笑情未极，赏至莫停杯。
酒中挑喜子，粽里觅杨梅。
帘开风入帐，烛尽炭成灰。
勿疑鬓钗重，为待晓光催。

也都是情意恳切的端肃之作。最喜的还是明代才子唐寅的那一首《除夕口占》。他以卖画为生，常陷于潦倒之境，于是逢除夕这日，他也忍不住写诗自嘲。

柴米油盐酱醋茶，般般都在别人家。
岁暮清淡无一事，竹堂寺里看梅花。

诗里有“岁暮清淡无一事”一句，实有自嘲之意，但“竹堂寺里看梅花”一句细细品下来，却另有滋味——他因孤孑一人，生活寥落，方才于这闹岁时分淡漠至极。

几遍读下来发觉，此诗写得着实平淡，但这淡中也有似锦春光。可以想见的，始终是他立在清寒的竹堂寺里举目看梅花的模样，竟觉有一种清落无言的落魄的浪漫在。

唐寅语词清简，即便落魄，也是心中有莲。总能于一茶一坐之间，得生活真意。所以，总觉得，唐伯虎才是那个声色在心，活得潇洒，活得透彻之人。

君起舞

岁晚身何托？灯前客未空。
半生忧患里，一梦有无中。
发短愁催白，颜衰酒借红。
我歌君起舞，潦倒略相同。

《除夜对酒赠少章》
宋·陈师道

又有人间惆怅客。无已并少章，一般伤。已是年末，他的生计却依旧没有着落。如水中浮萍，飘荡无依。他终日悬着一颗落寞心，与少章齐坐灯前，静默无语。彼此都是知道的，虽旧年将失，但这不定漂泊尚未到头。

他对少章慨叹。这一世已去半生，却是半生忧患不止，终将心意疲倦。可也是无奈，倒不如睡去，做一个好梦，梦里处处如意，世事顺利。但终究也是短暂逃避，梦醒时分，有已成无，一如落寞的当初。

岁末之夜，他每忆及平生不遇之苦，便觉得空落。说这年岁渐老，发也稀疏，竟又是愁绪烦忧，令他华发匆生。又说容颜衰老，面色沧桑，要喝酒方能唤起一些红晕，挽回些微生气。彼时，陈师道并未及这般苍老的年纪，只是夸大了些说来表达内心的苦闷。

彼时，窗外夜深，竟不似往日人生寂绝。他这才被夜下热闹的人情染上了欣悦之气。于是，便站起身来对少章说："也罢，不如我来唱歌你跳舞，也还是要将这出戏欢喜度过。虽然今日，你我命运相同，都是境遇潦倒。"

结句最凄凉。这夜他说"我歌君起舞"大约真的有几分苦中作乐的意味在。不然如何。命运难测，他们只是凡夫，能奈它何。倒不如弃了那愁郁的对谈倾诉，也来欢歌起舞，将这一年的最后一夜好好度过。人生际遇即是如此，非是巧取豪夺便可以如意。它是命运降派的，自有定数。

读此诗，脑中忽自便闪过一词。

忆起纳兰容若那一首《浣溪沙》，其中写道："我是人间惆怅客，知君何事泪纵横，断肠声里忆平生。"也是自伤身世的叹息词。如此这般，纵他命运再好，依旧是心愿难达。人不分贵贱，时运再好的人也都是心有惆怅地在这红尘浊世穿行不止。如此再来看陈师道这首诗，便更觉哀凉。

陈师道，生于北宋皇祐五年（1053 年），彭城（今江苏徐州）人。字履常，一字无己，号后山。16 岁时从师曾巩，也得曾巩器重，却因自视清高，未能及仕。曾巩去世之后，他一度沦落至生活无着，连妻子和四个儿女都被迫被岳丈归了娘家，生活实在凄淡。此诗作于元祐元年（1086 年），正值他穷困无依之时。

他在尘世里挣扎渐顿，却从不趋附权贵，折腰自污。这首《除夜对酒赠少章》，不过寥寥数字，竟有一种沧桑几世的悲凉。庆幸他与少章尚有彼此，都是真情有义之人。少章即是秦觏，秦观之弟。与陈师道同在京师，过从颇密，感情甚好。所以，除夕这夜，他方才置酒待客，与少章共饮，秉烛倾谈。

次年，也就是元祐二年（1087 年），他方才受到举荐，担任徐州州学教授。这一年，他又作了一首题为《九日寄秦觏》的诗予少章。

疾风回雨水明霞，沙步丛祠欲暮鸦。
九日清尊欺白发，十年为客负黄花。
登高怀远心如在，向老逢辰意有加。
淮海少年天下士，可能无地落乌纱。

清人吴乔撰《围炉诗话》评此诗曰："《九日寄秦觏》'疾风回雨水明霞'云云，殊有陋巷不改其乐之意。或推后山直接少陵，其五言律诚有相近之处。此体犹未尽，何况诸体，而可言直接耶？"

元人方回在《瀛奎律髓》中亦有评论："'无地落乌纱'，极佳。孟嘉犹有一桓温客之，秦并无之也。"清才子纪晓岚也评道："诗不必奇，自然老健。后四句言己已老，兴尚不浅，况以秦之豪俊，岂有不结伴登高者乎。乃因此以寄相忆耳。"

苏轼对陈师道的诗评价更高。他说："凡诗，须做到众人不爱可恶处，方为工；今君诗不惟可恶，却可慕，不惟可慕，却可妒。"陈师道此诗也确是情意真切之作。风格沉郁，意味深长，极具顿挫之致。

重阳这日，他登高自咏。傍晚时分，风雨霞明，温柔明亮。只是年岁已老，酒量也大不如前，在外流离十年，人心渐倦，也不知辜负了多少饮酒赏菊的好时光。

这日登高怀远，心念远方故人。只因人渐老之后，每逢佳节，念旧之心便愈甚。最后两句“淮海少年天下士，可能无地落乌纱”寄语少章，盼他意气风发。

陈师道是真的顾念秦觏的。除夕，抑或重阳，要倾诉的，忆及的，也都是他。他是男子，他也是男子。只因彼此是同病相怜的知音人。总有一些话，只有对方才能领悟和懂得。

陈师道，秦少章，这二人。

果真是，两人心，略相同。

拣旧诗

人家除夕正忙时，
我自挑灯拣旧诗。
莫笑书生太迂阔，
一年功课是文词。

《甲寅除夕杂书·其三》

明·文徵明

大天苍苍兮大地茫茫。

人各有志兮何可思量。

他有他的夙愿。

他有他的向往。

他有他的喜欢。

文徵明要的不是热闹，不是浓情，不是礼尚往来的牵系。要的只是书，只是画，只是一纸文词。所以他这夜借青灯微光，作下了这首诗。

是夜除夕。旁人家里自是灯火通明，人来人往，于堂前屋后，穿梭忙碌。门前是灯笼光照，屋里是人情热闹。但他不愿如此，他只想关门闭户，自顾自地在家中拣选旧诗。

虽是如此写，但必是要惹起流言的。于是，他便先一声说了："莫笑书生太迂阔，一年功课是文词。"是，勿笑他是迂腐书生，旧年过掉，这一年里他所有的功课也便就是这些诗词文章了。

文徵明这首诗看似浅显，细细忖度，却也是别有深意。读这首诗，好似真的看见文徵明夜挑拣旧诗的模样。窗外是夜阑人欢的达畅，室内是青灯黄卷的孤荒，竟也能让人读出几分隐晦的惆怅。

只是，文徵明心底深处的惆怅与寻常的怀才不遇之伤有本质区别。生是过客，跋涉虚无之境。他了悟诸多道理在心头。此刻，他既不慕求功成，也不奢望名就，只是希望有一条心悦的寻常道路，可以缓慢地行走。他希冀的便是与文字相伴，珍视一生的日子。不仓皇，也不沾尘埃，如此即好。

不求见面惟通谒，名刺朝来满敝庐。
我亦随人投数纸，世情嫌简不嫌虚。

这是文徵明《元日书事效刘后村》（二绝）中的一首诗。市井民风也不见得处处留有真意。他是真心人，见不得虚，见不得伪，所以说了一句“世情嫌简不嫌虚”。人往往为世情所累，时年愈久，愈多的风俗也就渐渐失了真，流于浮表，丢了最初的含蕴。

文徵明，原名壁，字徵明，号衡山居士，世称“文衡山”。苏州人。出身于官宦世家，早年谋仕未果。直到五旬年岁，方才得到赏识入京为官，却也只是被授予职低俸微的翰林院待诏一职。

他的书画是一绝，此时也已声名在外，求其书画者甚多。也因此遭妒，被同僚排挤。后来，文徵明心中便悒悒不悦，最后上书离职。那年，他辞归出京，放舟南下，回到故乡苏州定居。

苏州是灵杰之地，适于颐养，也是适合舞文弄墨、操持文艺的地方。于是，之后文徵明便安居在家，致力于诗文书画，再不愿身陷宦海染一身浊气。年至九十，依然孜孜作文，临去时尚在为人撰墓志铭。只是，未能成文，“便置笔端坐而逝”。

他是真正以文为生，珍若生命，并与之朝夕相伴生死不离的人。之于他，这大约是再好不过的结局，令人艳羡。同作诗文，人之心性不同，诗之气场便有别，对待诗文的态度亦是截然不同。比如李白，其人旷放潇洒，放浪不羁，纵绣口吐出半个盛唐也是不以为然。

于是，李白所作的诗文被他随写随丢，一生作品不少却传世不多，随意为之也都是异宝奇珍。文徵明不同，他将自己的一笔一墨视若珍宝，心中凝肃，不敢对文字有半分懈怠。却是另一种心致，也是一种态度、方式。好比当年的贾岛，亦是如此。

后唐冯贽编撰的《云仙杂记》中记载了贾岛与其诗文的故事：“贾岛常以岁除，取一年所得诗，祭以酒脯曰：‘劳吾精神，以是补之。’”元人辛文房的《唐才子传》中也说：“（贾岛）每至除夕，必取一岁所作置几上，焚香再拜，酹酒祝曰：‘此吾终年苦心也。’痛饮长谣而罢。”

其实，这么做，也是回溯旧年如风往事，观自己旧年功夫，也好为来年给予更多一些冀望。寻常人一心念及的是家常，是生计。只是贾岛与文徵明不同，他们活得缥缈些，欢喜的，只是诗文书画中的光华闪现。

天涯客

寄语天涯客，
轻寒底用愁。
春风来不远，
只在屋东头。

《除夜太原寒甚》
明·于谦

于谦此诗难得。虽也是除夕游子诗，但不哀不伤不惆怅。他想说些话给远离家乡的游子听。他说，虽是除夕夜，虽有寒风凛冽，却也不用心愁。诗题为《除夕太原寒甚》，意思简单明晰。

除夕这夜，太原天气甚是寒冷。正月冬寒，北方城市较南方之冷更甚。但他却说，纵如此，也不用愁。“轻寒底用愁”，“轻寒”即是“有点冷”的意思。“底”，相当于“何”，“底用愁”，即意为“何用愁”，不需要愁。因有春风。

他心思深远。不为眼下荒凉清寒之景所绊，他知道这孟春正月一过，也就会暖了。所以，他为“轻寒底用愁”解释道：“春风来不远，只在屋东头。”春风在拂，已经到了屋子东头，春日就要来临了。

除夕是岁暮。前人若以除夕入题写游子情怀，总是旧年哀伤大过新年希望。于谦却不同，这首诗写得平顺有致，字字都饱蘸明光，并且利落干净。寓意明晰，丝毫没有情绪的拖沓。

旧时年光不比现在，游子在外，那才是真的与乡土隔着万重山，千道水。就连一封家书，也是要颠簸数十日才能收到，绝不是简单的事情。那一种隔绝，是真正的不能相见。如此来说，甚是哀却。但于谦不，他心里明镜似的亮。

慰寂寥，不如盼着好。说一些话与游子听，给孤愁煎熬中的人一点光明与希望。如此，才是好。这首《除夕太原寒甚》朴实明晰，是一首十分大气的诗。诗如其人。于谦是胸纳百川的豪烈男子，也是内心分外有担当的人。

于谦，字廷益，号节庵，官至少保，世称“于少保”。浙江钱塘人。

永乐十九年（1421 年），于谦举进士。五年之后，即宣德元年（1426 年），授官为御史。是年，汉王朱高煦造反，明宣宗亲征，朱高煦出城投降。朱高煦父子被贬为庶人，后又相继被处死。

彼时，于谦为宣宗扈从，因胆识过人，立下功劳，被宣宗重用。后出京巡按江西时，为数百囚犯洗雪冤屈。宣德五年（1430 年），宣宗亲授于谦为河南、山西直省巡抚。

在巡抚任上，他深入底层，体察民情，并及时革除时弊，深得民心。正统十年（1145 年），山东等地发生饥荒，大批饥民流入河南。按当朝律例，地方官员应遣回饥民，并追索税粮。但于谦没有，他当机立断，奏请拨发河南存粮赈济灾民，并在附近州县将灾民予以安置，深受民众拥戴。

正统十四年（1149 年），发生土木堡之变。是年，明朝北方崛起了一支蒙古部族，号称瓦刺。首领也先继承了王位，他野心勃勃，四处征讨出战，占领了周边大片地区。

彼时，瓦刺常与明朝有贡使往来。后因谎报贸易人数，欺骗朝廷，与明朝发生贸易摩擦。蠢蠢欲动的也先正好抓住时机，挑起战争。瓦刺军来势凶猛，将明军打了一个措手不及。

明朝宦官干政严重。宦官王振心术不正，他极力劝明英宗御驾亲征。明英宗二十出头，一时没了主见，便听从了王振的意见。结果明军不敌瓦刺，土木堡一战惨败，明军死伤数十万。英宗被俘，京城大乱，政局岌岌可危。

彼时，郕王朱祁钰监国，擢于谦为兵部尚书。瓦刺大兵逼近北京城，来势汹汹。挟持英宗入犯北京，京城告急。朝廷上下皆惶惑不安，乱了章法，并有大臣开始提议南迁都城。

此时，于谦手握兵权，他力排众议，要求坚守京师，并请郕王继位，为明景泰帝，即明代宗。随后，迅速诏令各地武装力量勤王救驾。调河南、山东等地军队进京防卫，调通州仓库的粮食入京。待京师兵精粮足，朝廷情势方才平复。

之后，于谦亲自设阵督战，将也先的兵马击溃，京师之围得以解除。最后，论功加封少保，总督军务，终迫也先遣使议和，使太上皇得归。于谦一生刚正不阿，功绩卓著。他才思敏捷，做事思虑周全，是难得的良臣。最终却未曾落得一个好下场。

景泰八年，代宗病重，无法躬行皇宫大礼，权臣拥迎英宗复辟，史称“南宫复辟”。于谦因在保卫战中力排众议，得罪重臣，惨遭诬陷，最终被复辟的英宗斩绝。忠臣良将总是落得这般下场，令人唏嘘。

匹马南来渡浙河，汴城宫阙远嵯峨。
中兴诸将谁降敌，负国奸臣主议和。
黄叶古祠寒雨积，清山荒冢白云多。
如何一别朱仙镇，不见将军奏凯歌？

于谦曾作这首《岳忠武王祠》来悼念岳飞。此刻读来更是分外凄凉。彼时，他定然不知，自己与岳飞竟会殊途同归，一般下场。实在令人慨叹，令人悲伤。他临危不乱，救国救邦于水火之中，最终却为奸臣所害。

于谦自有非凡之气魄，因此视野比旁人更加宽阔辽远，一切都是情理之中的事。他不惧除夕夜轻寒，即使离家万里也是心中有光，不泯不灭。此诗虽单薄，却依然有于谦深静辽阔的气韵。带着这样的印象再读此诗，便更觉有力。

书卷多情似故人，晨昏忧乐每相亲。
眼前直下三千字，胸次全无一点尘。
活水源流随处满，东风花柳逐时新。
金鞍玉勒寻芳客，未信我庐别有春。

眼下，业已过秋，新冬在即。

愿来年，一切安好。

［注］

参考书目有《全唐诗》《全宋词》等，部分资料来源于网络。其余参考文献、书目，限于体例、篇幅未能一一列举注明。由于本人能力限囿，书中舛误之处在所难免。私享笔记，本属私物，言语难免主观。望见谅。不当之处，还请方家指正。

MARK
麦客文化